筑梦医工

——唐玉国和他的苏州医工所

李祥伟　著

古吴轩出版社
中国·苏州

图书在版编目（CIP）数据

筑梦医工：唐玉国和他的苏州医工所 / 李祥伟著
. -- 苏州：古吴轩出版社, 2019.10
（江枫文丛. 第三卷，创新之路）
ISBN 978-7-5546-1414-3

Ⅰ. ①筑… Ⅱ. ①李… Ⅲ. ①传记文学－中国－当代
Ⅳ. ①I25

中国版本图书馆CIP数据核字（2019）第214171号

策　　划：钱经纬　洪　芳
责任编辑：俞　都　徐小良
见习编辑：黄菲菲
装帧设计：杨　洁
责任校对：孙佳颖　江莺华
责任照排：刘　浩

书　　名：筑梦医工——唐玉国和他的苏州医工所
著　　者：李祥伟
出版发行：古吴轩出版社
地址：苏州市十梓街458号　　邮编：215006
电话：0512-65233679　　传真：0512-65220750
出 版 人：钱经纬
印　　刷：苏州市大元印务有限公司
开　　本：880 × 1230　1/32
字　　数：100千
印　　张：4.75　插页：2
版　　次：2019年10月第1版　第1次印刷
书　　号：ISBN 978-7-5546-1414-3
定　　价：32.00元

唐玉国，男，1967年生，汉族，中共党员，博士生导师，中国科学院特聘研究员，国家重点基础研究发展计划（973计划）首席科学家。现任中国科学院苏州生物医学工程技术研究所（简称苏州医工所）所长。中共江苏省第十三次代表大会代表，江苏省第十二届政协委员。一直从事应用光学、光谱学、医用光谱技术方面的研究工作，主持并参与了国家高技术研究发展计划（863计划）、国家科技攻关计划等国家重大科学工程中的多个重要项目。

2008年，受中国科学院委派，他担任苏州医工所筹建工作组副组长。2012年11月，他正式担任苏州医工所所长，并大胆提出了以市场为牵引的科技创新和成果转化机制创新双轮驱动的发展模式，不仅为苏州医工所的发展指明了方向，也为国内同行提供了一个创新发展新模式。

享受国务院政府特殊津贴。先后获得中国科学院“双文明建设标兵”，吉林省科技进步一等奖，江苏省“六大人才高峰”和有突出贡献中青年专家，苏州市紧缺高层次人才、“五一劳动奖章”等荣誉。

序 言

苏州高新区诞生于全国形成立体全面开放格局的时代，27年来，创新开放的苏州高新区秉承“高”“新”发展理念，围绕“发展高科技，实现产业化”目标，把科技引领、创新驱动作为加快转变经济发展方式的核心内容，着力发展创新型经济，走出了一条以提高经济运行质量和效益为中心的内涵式发展道路，成为苏州市经济发展的有力引擎、开放创新的先进典范，更是国家高新区的一面旗帜。

大河奔流开新路，层峦竦峙争高峰！近年来，苏州高新区围绕建设苏南国家自主创新示范区核心区这一目标，系统谋划“发展是第一要务，人才是第一资源，创新是第一动力”的重要战略命题，不断集聚高端要素，发展高端产业，培育创新业态，营造创新生态，全力打造具有硅谷气质的创新高地。苏州高新区瞄准“自主可控”，突出技术“命门”，创新企业、科创载体登台“主唱”，不仅集聚了100多家“国字号”“中字头”大院大所，而且拥有各级各类科技领军人才1000多人次；不仅培育了一批创新能力强、发展速度快、市场潜力大的“制造业单项冠军”与“专精特新”企业，而且形成了以创新型领军企业、科技型上市企业、高新技术企业为骨干的创新企业集群；不仅拥有“真山真水、青山绿水”得天独厚的生态优势，而且拥有“山隐城中，城映水中”要素齐全的创新生态。从某种意义上说，苏州高新区展现了一种“科技和生态齐飞，山水与城市一色”的独特魅力，是人杰地灵、繁荣富庶的投资热土、创业天堂、宜居福地。

习近平总书记指出，企业是创新的主体，是推动创新创造的生力军，要推动企业成为技术创新决策、研发投入、科研组织和成果转化的主体，培育一批核心技术能力突出、集成创新能力强的创新型领军企业。苏州高新区开发建设27年来，一大批企业立足于此、深耕于此，创造了“几乎不可能”的创业传奇。如果把每一个企业比作一滴水，那么，每一滴水珠都蕴藏着浩浩汤汤的磅礴力量。这勇往直前的力量，正推动苏州高新区奔向更加壮阔的未来。

应该说，苏州高新区艰苦奋斗、自强不息、敢闯敢试、勇争一流的发展历程，是共和国伟大前行路上的一个生动缩影；在前进道路上涌现出的一系列可歌可泣的人和事，展示了苏州高新区的自信和智慧。

《江枫文丛·第三卷（创新之路）》丛书遴选了苏州高新区内5个极具代表性的创新样本，生动展示了企业家在苏州高新区创新创业的鲜活实践，深度挖掘了蕴藏在企业家心中的光荣与梦想、自信与希望，形象展现了科技创新托起中国梦的奋斗力量。这些在创新发展历程中定格的无数宝贵瞬间，铸造了一个地区不断前行的定力与勇气、眼界与胆识、胸怀与气质。

大道之行，一以贯之。2019年是中华人民共和国成立70周年，对此最好的纪念，就是在推进高质量发展的新征程中展现更大作为。当前，苏州高新区人民正以海纳百川的胸怀、水滴石穿的韧劲、奔腾不息的力量，在“强富美高”征途上不断开辟高质量发展的崭新境界！

前方，是喷薄欲出的朝阳；前方，是绚烂多姿的霞光……

让我们共同期待更加辉煌的未来！

丛书编委会

2019年3月

目 录

引子：新起点，大突破

2018年12月26日上午，细雨蒙蒙。虽已入冬，但在地处江南的苏州，西部临太湖的山依然一片葱茏。那山如一道天然的屏障，挡住了去东边苏州城区的路，使这个太湖边的地方格外安静。一条新修的公路，蜿蜒着向太湖边伸过去。太湖上的水汽和天上的小雨混在一起，静静地滋润着万物。小山上发红的树叶如花儿一样镶嵌在成片的绿色里，让这江南的山显得更加秀美。山下原本的小山村已经消失，村民们搬迁到了一栋栋拔地而起的高楼里，而山下兴建起的是一家家高科技企业大楼。科技已经成为苏州发展的新方向。短短几年，苏州西部这个本来十分偏僻的角落，吸引了上百家来自世界各地的高科技企业。苏州医工所就落户在这里。一栋栋灰色的房子，带着北方的气度，却也和南方的粉墙黛瓦相宜。房子后面一片开阔的草地上，有一个池塘，汪着一泓绿莹莹的水。这里没有江南园林小桥流水的精致，而是落落大方，处处显示出一种阳刚之气。大门口一块卧着的长石头上，有中科院原院长路甬祥的题名。石头像个正在思考的巨人，就那么安静地躺着，守护着苏州医工所。

对坐落在苏州高新区科技城的苏州医工所来说，今天是个特殊日子，有一项国家重大科研装备研制项目的发明成果行将面世。大门口车辆来来去去，很忙碌的样子。一批国内外的专家就这个项目的发明成果来到苏州医工所进行评审。这个项目就是“超分辨显微光学核心部件及系统研制”。目前国内能够成功研制超分辨显微镜的机构，仅有苏州医工所。

这是苏州医工所成立十年来，已经获得的60多项科技成果之后的又一项科技成果。从申报立项，到实际运用、走向市场，苏州医工所为这个项目花了整整五年。这次的验收会，对苏州医工所来说，意义重大。

苏州医工所行政大楼七楼的会议室里，工作人员认真细致地准备着一切。会议桌、电脑、投影仪……一切准备就绪，迎接专家们的到来。这毕竟是国家投入1.7亿元科研经费的项目，弄砸了，那将如何向国家和人民交代呀！这不仅仅是对该项发明和创造的一次检验，更是对苏州医工所十年来的发展的一次考验，因为这是苏州医工所从实验室状态到成果转化的一次大胆的探索。

桌面上已经早早地摆好了茶杯、矿泉水和一些验收材料。担任该项目负责人的唐玉国，也已经做好了汇报准备，静静地等待着。

作为苏州医工所所长的唐玉国，除了在光学工程技术方面的突破和创新外，还有另外的课题，那就是探索出一条适合研究所发展和重大科技项目管理的新路子。

承担这个项目各个子课题的负责人和全体科研工作者也早

早地等候在这里。

张运海承担了“超分辨显微光学核心部件及系统研制”项目中的激光扫描共聚焦显微镜、STED（受激发射损耗）显微镜、双光子-STED复合显微镜的研究与开发工作，这些是超分辨显微镜项目的核心任务。

张运海，看上去有点憔悴，脸稍微显得有点黑，穿了身西装。他是2011年来到苏州医工所的。他来苏州医工所的目标很明确，那就是研发超分辨显微镜。那时，一般的医用显微镜只能看到200—300纳米的细胞结构，小于这个数值的就看不清了。其实细胞内还有很多微小的亚细胞结构。电子显微镜虽然有很高的成像分辨率，但对活体细胞有损伤，并且无法观察活体细胞。而光学显微镜成像时具有非侵入性，比较适合观察活体细胞。

张运海从项目总负责人唐玉国那里接到的科研任务就是研发出能看到小于200纳米的活体细胞亚细胞结构的光学显微镜，让人们能看清细胞器，从而为研究疾病的发生原因、机制等提供科学依据，为最终治愈疾病创造条件。五年来，从这个项目立项到攻克一个个技术难关，张运海付出了很多心血，健康也受到了影响。他期待着国产高端光学显微镜能早一天进入市场。

温文尔雅的巩岩，1990年毕业于浙江大学光学仪器专业，毕业后他原是准备去北京工作的，却阴差阳错地到了中国科学院长春光机所（中国科学院长春光学精密机械与物理研究所的前身，也是其简称）的应用光学国家重点实验室工作，主要研究短波段光学及其应用技术。他边工作边完成了硕士、博士的学业。

在那里，他结识了同在短波段光学课题组做博士后研究工作的唐玉国。2007年，巩岩承担了“十二五”国家科技重大专项“02专项”——深紫外光刻机曝光系统的研制任务。深紫外光刻机曝光系统是大规模集成电路制造的核心装备，巩岩负责研制的就是核心中的核心——投影光刻物镜。这是一个体长近1.3米的大个头显微物镜，制造难度达到了当时光学工程领域的极限。在投影光刻物镜研制上的积累和储备，为他以后承担超分辨显微镜的核心部件——大数值孔径物镜的研制提供了底气和信心。

李辉是唐玉国专门从国外招聘过来的，是从国外先进的实验室走出来的。李辉在国外主要是利用光镊和单分子荧光研究生物大分子。他用激光作为一把精密的镊子抓住单个微小的生物分子，就像在直径小于头发丝的百分之一的两个球体之间连一根极细的线，并研究连接线的拉力和生物大分子的结构变化。2013年4月，唐玉国他们去美国招人才，开车去了芝加哥。他们得知李辉博士正在研发“能看到单个分子结构变化”的显微镜，便打定主意要引进这位人才。

魏通达是一位“80后”年轻科技工作者，他的科技攻坚过程，也是一段心理成长过程。他是苏州医工所自己培养的学生，是苏州医工所的早期职工之一，同时是科学界的晚辈。

他是唐玉国手把手教出来的，从我国光学研究的传承上来说，从王大珩到唐玉国，再到他，他是第三代。2014年9月，魏通达博士毕业后就直接留在苏州医工所工作了，之后加入张运海团队，负责双光子-STED复合显微镜的研究工作。刚入门时，他心理压力较大；加之刚刚毕业，还抱着一种学生的心态，与同事讨论问题时，听不得别人的意见。久而久之，同事们都对他有了意见。他感到十分委屈，甚至想离开苏州医工所，或者改变研究方向。得知这样的情况后，唐玉国主动找魏通达谈话，告诉他，作为一名科研人员，首先依靠的是团队，一个人力量再大也大不过一个团队。一席话下来，魏通达茅塞顿开。此后，他改变了心态，和同事的关系变得融洽，也能按时完成任务，最终成功攻破了生成光斑的核心部位——相位板。

在超分辨显微镜这个项目的背后，苏州医工所像张运海、巩岩、李辉、魏通达这样的科技工作者还有很多。整个苏州医工所的九十多名科技工作者，都全身心投入到这个项目中去。

中国科学院院士、中国科学院高能物理研究所研究员柴之芳兴致勃勃地走来，中国工程院院士、复旦大学教授王威琪来了。另外，中国工程院院士、苏州大学现代光学技术研究所研究员潘君骅，中国科学院武汉物理与数学研究所研究员周欣，中国科学院沈阳科学仪器股份有限公司研究员雷震霖，中国科学院电工研究所研究员宋涛，中国科学技术大学教授王秋平，复旦大学教授邬小玫，浙江大学教授王平，中国科学院微电子研究所研究员夏洋，东南大学教授万遂人，中国科学院长春光学精密机械与物理研究所安鹏……这些专家纷纷走进苏州医工所的大门，来检验和见证这个项目的成果。

与此同时，中国科学院条件保障与财务局（简称中科院条财局）局长郑晓年、中国科学院科学传播局局长周德进等人也来到了会议室里。

新华社、中央电视台、《文汇报》等新闻媒体也齐聚一堂，争相报道这项由苏州医工所自主研发的、分辨率突破50纳米的超分辨显微镜成果。

大家兴奋地讲述着一条条科学原理，发表着自己的学术观点。会议室里洋溢着浓厚的学术气息。

此时的唐玉国，内心极不平静。项目成果出来了，看得见、摸得着，并且有一部分已经进入市场，烙上“中国创造”的印迹，还有德国等国的科研单位来定制。凭着一束信念之光，唐玉国团队把人们带到一个微观世界里，向微观世界探索；用一双天眼，去探索生命的本源，那里有一番美丽的风景。唐玉国，这个身材高大的东北汉子，此时心情激荡。从争取这个国家重大项目到项目立项实施，到成果成功走向市场，再到今天的专家评审，这一路并不平坦。对苏州医工所来说，今天的专家评审是一座里程碑，意味着苏州医工所从此迈入了新阶段。这个项目对唐玉国来说，不仅仅是一项科研成果，更意味着他真正把苏州医工所的科研水平带上来了，同时也是对他率先提出的科研成果转化新模式的一次检验。

掌声将唐玉国送上了讲台。他开始了他的汇报。此时，会议室里一派宁静。

第一章　漫漫求学路

唐玉国从东北一个叫太阳村的地方走出来，凭借自己的刻苦和努力，迈着坚定的步伐，一路攀登，成为我国“光学之父”王大珩的学生，接过并肩负起推动中国光学事业继续发展的责任。

1967年12月，唐玉国出生于东北一个叫太阳村的地方。他的父辈是山东费县的，闯关东到了东北。像无数闯关东的山东人一样，父辈们为了生活，走了上千里路，然后到了东北这块肥沃的土地，搭上一个小棚子，用自己的双手在土地上觅食，讨一口生活，就这样生存下来了。

太阳村这个地名把唐玉国的命运和光连在了一起，让唐玉国就此与光结下了缘分。这里盛产人参、鹿茸、貂皮，这里的百姓也极为重视教育，秉承着“万般皆下品，唯有读书高”的观念。这个观念是他们从娘胎里带出来的，流淌在他们的血液里。

唐玉国的父亲是太阳村的大队书记，叫唐洪信，是一个很朴实的农民。在父母的眼中，唐玉国是五个子女中合格的老大，其他的四个弟弟妹妹都是由他来照顾。他勤奋、聪明、上进，有很多爱好，并且性格执着，想做的事一定要做到，始终坚持自己心中的信念。这份执着让他像光一样向前。三岁知百岁。童年时期的他好奇心就特别强，总喜欢刨根问底，一定要弄清楚事物的原理。比如，那个挂在墙上的钟为什么会自己不停地走？他问别人，别人也讲不出个所以然来。他就一直追着问：“钟为什么会走？为什么走得那么准？”他的“为什么？”没有人回答得出来。

于是，有一回，唐玉国趁家里人都出去的时候，把家里的大钟偷偷拿下来，一个个部件拆开看，非要研究透大钟的内部构造不可。因为这件事，他险些挨了父亲的打。但是父亲给了他一个“将功赎过”的机会，那就是如果唐玉国能把钟修好，父亲便不再追究这件事。

父亲告诉他：“男人既要有拆的本事，也要有修好的本事，这才是好男人。”

于是，唐玉国请教了很多人，花了很多心思，才弄明白了钟的构造，而后把大钟重新安装起来。父亲笑了：“我告诉你，钟就是日子，要踏踏实实地过好日子；钟就是信用，做人做事讲的就是信用。”

唐玉国是在村里上的小学。他的成绩很好。他就在这个小山村里度过了童年，掏鸟窝，摘瓜，掰玉米，和小伙伴们一起玩耍。他的童年像风一样自由，他就是一棵长于大自然的小树，而不是温室里长大的花朵。

乡里的前进中学有一位卢如宝老师，和唐玉国家沾点亲，在村子里算是个大知识分子了，也是村民们很敬重的人物。虽然没有读过大学，但是，卢老师把自己所有的兴趣都放在数学上，是个数学迷。正因为他在数学上的成绩优秀，才被前进中学调去做了数学老师。他对同样爱好数学的唐玉国的人生道路产生了很大的影响。

唐玉国小学毕业那年的暑假，卢老师来到唐玉国家串门。卢老师很喜欢唐玉国，就试探性地问唐玉国："想不想去前进中学读书？"

唐玉国使劲地点着头。他知道，前进中学是乡里的中学，教学水平比村里中学的好得多。太阳村是个大村，有三百多户人家，村里虽然也有中学，但是师资力量不如乡办中学；而且村里的中学不开设外语课。卢老师的邀请对求知欲很强的唐玉国来说是个机会。

唐玉国把这个事情告诉了父亲。父亲支持他走出去读书，并主动去卢老师家拜访，正式向卢老师提出请他带唐玉国去乡前进中学读书。卢老师答应了。于是，新学期开始，唐玉国如愿进了前进中学。卢老师用自行车载着唐玉国，把唐玉国的太阳梦带出了小村子。

读初中的时候，唐玉国就和卢老师住在一起。对唐玉国来说，卢老师既是老师又是长辈，在生活上照顾唐玉国，在学习上给他补课、辅导。卢老师尤其关心唐玉国的数学成绩，对他也特别严格。记得有一次数学测试，唐玉国的成绩排在全班第二十三名。卢老师气得当着全班同学的面骂他是笨蛋，甚至叫他滚回老家去。卢老师的责骂，让一直在表扬声中长大的唐玉国无地自容。

唐玉国那时候恨不得钻到地底下去。他强忍着内心的痛苦，不让自己哭出来。他的自尊心受到了很大的伤害。他想跑回家去，他不想再见到这个老师了。整整一天，他都是在思想斗争中度过的。他想哭，但是哭不出来。

卢老师当然知道唐玉国会很难受。他是故意的，他就是要激发唐玉国的上进心。放学之后，卢老师把唐玉国叫到办公室，耐心地给他把不理解的题目一个一个地讲完。从此，唐玉国丝毫不敢懈怠，一心扑在学习上。后来，他的成绩一直在班级里名列前茅，并且以优异的成绩考进了当时的蛟河县（现为蛟河市）重点高中——蛟河一中（俗称县一中），为他之后考上大学奠定了基础。

卢老师这个普普通通的乡村老师是唐玉国人生道路上非常重要的一位老师，是他的启蒙人和领路人。那时，唐玉国立志要考上县里最好的高中。有人笑话他是异想天开，有人说村里的孩子从来就没有考上县一中的。唐玉国不信。为了向所有人证明自己能考上县一中，唐玉国吃饭时看书，走路时背英语单词，上厕所时背数学公式……他心中只有一个信念：必须考上县一中。皇天不负苦心人，他真的考上了。全村都沸腾了。老师为有这样的学生而骄傲，村里的男女老少都称赞他父母生了个有出息的儿子。在唐玉国的成长过程中，他的父母几乎没有为他操过一点心。

"我们家本在山东费县，后来到了吉林蛟河，就是所说的'闯关东'。玉国是我们的骄傲，因为他身上有股祖辈传下的闯劲。"唐玉国父亲唐洪信这样说道。

别人问他父亲："这孩子怎么这么聪明？"

唐玉国父亲风趣地回答："因为我们是吃煎饼长大的。"

读高中的时候，唐玉国又幸运地遇到了他的第二位好数学老师——王喜桐。王老师那时大学刚毕业，对工作充满热情，而且极其负责任。跟他学数学，唐玉国心里很踏实。王老师把唐玉国带入了数学的海洋中遨游，带着他快乐地解决一个个难题。俗话说：

学好数理化，走遍天下都不怕。唐玉国是蛟河一中那一届的希望之星。按照蛟河一中以往的经验，他考入北大或清华的可能性极高。唐玉国自己也对考入北大或清华势在必得。他所在的太阳村，在他之前已经有一个人考入了北大，这个人成了他心中的榜样。

独自在县城读高中的几年时间里，他学会了吃苦，学会了自学，更重要的是感受到了经过努力奋斗后成功的喜悦——那是一种无上的荣光和满满的成就感。

但是，高考却让他经历了人生中的第一次打击。

高考结束，他心里就不踏实。题目做得不顺利，还有一道很陌生的题目。平时，这种情况根本就不存在。于是，他急得汗都出来了，他的心里紧张起来了，慌了。考完试出了考场，他自己安慰自己：我做不出来，别人一定也做不出来。

但他心里还是担心的。高考结束，他就参加农田劳动去了，一边劳动，一边等待着考试结果。考试成绩公布的那天，他正在田里掰玉米。有同学来说，考试成绩出来了。他立即步行十多公里去了学校。从老师手里接过成绩单的时候，他傻了，才520分。他像是被当头打了一棒，完全蒙了。他拖着沉重的双腿，慢慢走回家。他觉得没有脸面见自己的父母了。父母为了他，起早贪黑地干活，母亲还总是半夜给他做煎饼。还有他的大妹妹，一个聪明的女孩，为了让他安心读书，自己早早就辍学了，下了地——那时家里已经分到田地了。兄妹五个，只有这个妹妹初中毕业就含泪放弃了学业。唐玉国是全家的荣誉和希望，现在，他觉得没有脸见人了。他觉得自己对不起卢老师，对不起王老师。他一路走着回家，眼泪一滴一滴洒在那条乡间小路上，路两旁的小草似乎也在嘲笑他。名牌大学的梦一下子破灭了。两边的青山也变了颜色，灰扑扑的。

回到太阳村的时候，太阳已经落山了。他一到家，就钻进了房间里。那段时间，唐玉国在家中闷闷不乐，给整个家庭蒙上了一层阴影。父亲安慰他："要求不要太高，不能上重点大学没有关系，我们只要能上大学就行，前面的路还长着呢。"

当时，对一个农村的孩子来说，考上大学，不仅是跳出了"农"门，更是进入了"龙"门。

录取通知书还是来了，唐玉国被吉林工业大学（现为吉林大学）录取了。小山村里出了个大学生，也是光宗耀祖的事情了。

去吉林工业大学上学是爷爷送他的。要开学了，爷爷带着他去乘火车。那是唐玉国第一次坐火车。爷爷为了送他去，走了半夜的路。

吉林工业大学是一所老牌大学，也是一所工程化方向的大学，曾经以研发拖拉机等农机产品而闻名于世。这为唐玉国走上工程化道路打下了基础。为了弥补高考失误的遗憾，唐玉国从进入大学校门的第一天起，就在日记里默默为自己加油打气——青年时期是一个人创造力和活力最强的时期，青年人要只争朝夕！那时，正好赶上国家大力提倡科技兴国。唐玉国心中默默记着一句名言：只有勇于攀登的人，才有机会到达光辉的顶点。他要用事实证明：只要不断努力，总有机会成才！他的内心就是这么执着。

四年大学，唐玉国几乎是在图书馆里度过的。他的成绩在班级里一直名列前茅。他在知识的海洋里遨游，饱览着其中的美丽风景。同时，他遇见了自己的爱人王丽荣。王丽荣是插班进唐玉国的班级的。那个时候，女同学读理科的并不多。唐玉国尤其欣赏和尊重这个聪明且爱读书的女生。王丽荣是辽宁人，她的父亲是个煤矿工人，家里不重视读书，但她凭着自己的努力，考上了大学。

1989年上半年，临近大学毕业，唐玉国获得了保送研究生的资格。但是，学校却很迟才通知他还得参加考试。好在他基础扎实，最终还是考取了。他所在的班级有三名同学顺利考上了研究生。而王丽荣则放弃了分配到外面好单位的机会，留在了长春，陪伴并照顾着唐玉国。这一对受理想主义影响的知识青年，似乎从来也没有考虑过太多的物质问题，两年后登记结了婚。

可是唐玉国一直住在集体宿舍里，结婚的时候没有房子，于是，他去向长春光机所资产处处长借房子，这位处长居然答应了他。虽然借到的房子只有两小间，但是，解决了他的大问题。他有了一个自己的家，一个两人的空间。他同时也为自己的同事腾出了空间。原来同宿舍的年轻人获得了他留下的被子等用品，十分高兴。而唐玉国自己花了六百元钱，买了点生活用品，在屋里贴了个大红“囍”字，就这么结婚了。

结婚之后，他对自己的爱人也特别“慷慨”了一回，那就是回太阳村老家的时候，不坐两毛钱的大公共汽车，而是坐一元钱的小公共汽车了。王丽荣至今对这件事还记忆深刻。当谈到唐玉国最大的性格特点时，王丽荣十分感慨地笑着说：“东北汉子，大男子主义。”王丽荣的语气里，并没有多少抱怨，而是流露出一种自豪和幸福感。

“在吉林工业大学读书的时候，他追求我，我感到十分惊讶，因为我根本就没有注意过他。那时我根本就没有往那方面想，于是想也没想就拒绝了。后来他只要上课就坐在我后排，也不说话，也不主动跟我打招呼，就是坐在后面看我，那股认真的执拗劲儿真的很可爱，就此打动了我。我开始关注起这个人来。我觉得他是个可靠、负责的人。既然可靠，就可以信任。结婚后，他对我父母和对他父母一样孝顺。几十年来，事实证明，他这种执拗的性格是出于他对心中梦想的追求。我更加确定了我当时的选择是多么正确。”说到这，王丽荣很开心、很自豪。

1991年7月，唐玉国顺利获得吉林工业大学检测技术与仪器系光电子技术专业硕士学位，并直接攻读博士，在长春光机所光学专业从事短波光学的学习和研究。读博士的时候，唐玉国的导师是中国光学的奠基人之一、“两弹一星”的功臣王大珩先生。这位来自苏州的科学家，为之后唐玉国和苏州的结缘埋下了伏笔。王大珩的科研精神和生活态度也深深地影响了唐玉国。

做王大珩的学生，自然是幸运的。王大珩这一辈从旧社会过来的科学家，除了报效国家，别的什么都不想。王大珩也在长春光机所工作过，经历了风风雨雨，取得了一项项科研成果，为国家的“两弹一星”事业做出了重要贡献。唐玉国幸运地成了王大珩的学生，他想站在巨人的肩膀上，向上攀登。唐玉国总是认真地钻研王大珩的课题，同时也在品味王院士的人生履历和卓越的成就，心驰神往……

王大珩，1915年2月26日出生，祖籍江苏苏州。他是“两弹一星功勋奖章”获得者，中国科学院院士、中国工程院院士、国际宇航科学院院士，著名光学家，我国近代光学工程的重要学术奠基人、开拓者和组织领导者，杰出的战略科学家、教育家。1932年，他以优异的成绩考进了清华大学物理系；1936年大学毕业后，留校任助教并攻读研究生；1937年“七七事变”发生后，进入南京国民政府兵工署弹道研究所，从事弹道测量工作；1938年，在汉口考取了第三届庚子赔款留英公费生，进入英国伦敦帝国理工学院攻读应用光学；1941年转入英国谢菲尔德大学，在世界著名玻璃学家特纳（W.E.S. Turner）教授指导下进行有关光学玻璃的研究；后进入伯明翰昌司（Chance）玻璃公司任研究员，从事光学玻璃研究工作，在此期间，他创造性地开发了许多新型稀土光学玻璃，并获得两项英美专利。

1948年6月，王大珩返回祖国。1949年，他在大连大学创建了应用物理系，并任主任，培养了新中国第一批物理技术骨干。1951年，他受中国科学院之邀，前往北京筹建仪器馆。1952年起，他历任中国科学院仪器馆馆长、中国科学院长春光机所所长。1955年，他被聘为中国科学院技术科学部委员。1978年10月，60多岁的他提出入党申请，光荣地加入了中国共产党。1981年，在中国科学院召开的第四次学部委员大会上，他当选为技术科学部副主任，从此开始了广泛的高层次的科学技术事业组织活动。

王大珩先后担任第三、四、五、六届全国人民代表大会代表，第三、七届全国政协委员，吉林省政协副主席，国家科学技术委员会光学与应用光学学科组组长，国家高技术研究发展计划监督评估小组组长，中国科学技术协会第三届全国委员会副主席，北京市科学技术协会主席，吉林省科学技术协会副主席，中国科学院长春分院院长，长春光学精密机械学院（现长春理工大学）院长，哈尔滨科学技术大学（现哈尔滨理工大学）校长等。他积极倡导成立了中国光学学会并任第一、二、三届理事长，还是中国仪器仪表学会第三届理事长、中国计量测试学会理事长、中国照明学会名誉理事长等。在国际学术界，1979年至1992年他任国际计量委员会委员，1986年任国际宇航科学院院士。

这不平凡的履历，扎根在唐玉国心里。对当时的唐玉国来说，王大珩是他只能仰望而难以企及的存在；但是走近这位泰斗级的人物，唐玉国又觉得他只是个把一生献给光学事业的老前辈，是个和蔼可亲、一丝不苟的长者。除了科学知识，王大珩的个人品质也对唐玉国产生了极大影响。在唐玉国看来，老一辈科学家把自己的一生都献给了国家的科学事业，真可谓“春蚕到死丝方尽，蜡炬成灰泪始干”。

王大珩很喜欢唐玉国，恨不得把自己的知识全部教给他。王大珩曾语重心长地对唐玉国说：“我们这些人，老了，干不动了。

我们这一代人研究光学的目的，就是为国争光。曾经，别的国家欺负我们、侵略我们，我们想还击，但手里没有武器。所以，我们研究‘两弹一星’，搞激光、搞船，为的就是要保卫我们的家园。你们这代人责任也重大呀，要做对得起人民的事情呀。你们要走出去，要赶超那些发达国家。我是走不动了，要靠你们这一代人了。”这一席话，深深地刻在了唐玉国心里。

王大珩先生一生致力于工程化，一辈子都在为国家省钱。这一点让唐玉国很佩服。1995年7月的一天，唐玉国到北京的中国科学院物理研究所参加博士论文答辩。答辩的前夜，他住在物理研究所的招待所。刚到，王大珩就打电话给他，要他注意节约，住宿、伙食不超过每天75元的标准。唐玉国当时觉得好笑，但现在回想起来，老一辈的科学家都是这样过来的，那是一种高尚的品质。这件小事，也直接影响了唐玉国。

博士论文答辩是没有问题的。王院士已经多次看过论文，唐玉国自己也认真地做了准备。参加评审的三位院士听得很认真，也提了许多问题，唐玉国一一作答了。答辩一个上午就结束了，可以说是圆满的。唐玉国本来打算在北京多住一夜，因为他虽然来北京好几次了，却几乎没有好好玩过。但是妻子突然打电话过来，告诉他女儿发高烧了。女儿是1994年11月出生的，还不到一周岁。他一直忙于工作和学习，没有怎么关心过女儿。妻子一边照顾孩子，一个人把家里的事情扛着，一边还在读书，唐玉国内心对她也是有愧疚的。现在博士论文答辩顺利通过，也是一大喜事，他当然要早一点和妻子分享，更要早点回家，和妻子一起照顾女儿。

当然，他心里十分清楚，博士论文答辩顺利通过，绝不意味着他的学习和科研生涯可以就此画上一个圆满的句号；相反，从此，他将踏上新的科研征程，去攀登一个个新的科研高峰。

第二章　主持苏州医工所

唐玉国听从党的召唤，牢记科学家的使命，敢挑重担，勇于接受新的挑战，从东北长春来到江南苏州，开辟了一条科技创新和成果转化机制创新双轮驱动的发展之路。

博士毕业后，唐玉国在中国科学院长春光机所博士后工作站学习。当时不到三十岁的唐玉国，在研究领域已经小有名气，他的科研成果在长春光机所独树一帜。随着唐玉国在业内知名度的提高，中国科学技术大学的张新夷副校长特意找到长春光机所的领导曹健林，想要“挖走”唐玉国，并且给予唐玉国较好的条件，比如职位、房子等。但曹健林没有吱声——唐玉国可是长春光机所一手培养出来的，也算是长春光机所的“亲生儿子”，所里当然不会轻易放人。这一点，唐玉国当然也清楚，既然曹健林不吱声，那他也就不走了。

1997年元旦，唐玉国年仅三十岁，就破格晋升为研究员，这在业内也是少见的，但不能不说这是唐玉国用实力争取到的。1997年到1999年，曹健林提出了竞争上岗的机制。于是，唐玉国参加了长春光机所光谱技术研究室主任的竞聘。

竞聘是公开的，人人都可以参加。初生牛犊不怕虎的唐玉国，是竞聘人中年龄最小的，在这次竞聘之前也没有任何相关经验。在竞聘现场，科研处处长问他：“什么是管理？你年纪轻轻，靠什么去领导九十多人的研究室？研究室靠什么吃饭？”唐玉国回答：“靠管理，靠制度，靠文化。做领导最重要的是人格魅力。”

唐玉国的演讲得到了领导的认可。他做到了。那年他才三十二岁，就成为长春光机所光谱技术研究室主任，同年被遴选为博士生导师。崭露头角的唐玉国迅速成了同行们眼中冉冉升起的“科研之星”。

生物医学光谱技术这一新兴学科发展方向吸引了唐玉国。他开始全身心筹建生物医学光谱实验室，带领团队开展无创医学诊断等生物医学光谱技术方面的研究，并且很快就取得了研究成果，其中多项重要研究成果引起了学术界的关注。唐玉国的工作得到了领导和同行的高度赞扬。

唐玉国在生物医学光谱技术方面的造诣，为长春光机所带来了一个又一个光环。但他觉得单纯做科研，而不能将科研成果变成产品投进市场，有点可惜。他下了趟“海”，出任长春光机医疗仪器有限公司总经理。当然，这也是这个公司在发不出工资的情况下，希望他去试试。这趟“下海”让他“呛”了不少“水”，但是也让他收获了不少。

2005年，北京、河北、江西、辽宁等地政府采购生化分析仪，公开招标，唐玉国他们研发的全自动生化分析仪中标1000多台。

唐玉国团队自主研制出来的现代医疗关键设备，打破了国外对这类产品的技术与市场垄断，从而使国际同类产品的市场价格下降了约20%。全自动生化分析仪从研制成功到进入市场，唐玉国团队仅用了两年时间。这主要归功于唐玉国所实行的“人才+成果”科研成果转化管理模式。这种模式的理念简单来说就是自己研发的成果由自己负责转化，一改过去科研人员只埋头研究、不关心市场的做法。在这个模式下，长春光机所与社会资本共同组建成立的科技型企业有十二家。

但是，由于从科研成果到产品缺乏了一个很重要的环节，成果转化过程比较短，产品不够成熟，在实际运用中，出现了质量问题，被大量退货。企业资金链断裂，陷入了困境。这段经历让唐玉国明白了从科研成果到产品是一个大跨越，任何一个环节都是不可缺少的。并且，他明白了一条：管理一个企业，财务工作是很重要的。他也明白了自己是谁，该干什么。

2007年，唐玉国又回到所里做研究室主任，并开始招收博士，开始他关于光的研究。那年秋天，已经担任科技部副部长的曹健林到长春光机所考察工作，特意和唐玉国见了个面。两人又聊到了课题上。曹健林虽然人在北京，但是脑子里还是想着他的光学事业。于是，当唐玉国提出眼下该干什么的时候，曹健林给他提了个建议，认为还是做大光栅比较好。“但是，做大光栅没有经费呀，那可不是小钱。”唐玉国心里想。

曹健林看出他的心思，提议他可以先做些大光栅的准备工作，从机器和相关部件方面去准备，这个东西早晚都要研究的，因为国家需要高端的东西。做大光栅也是唐玉国的梦想，于是，他开始一步步去做了。

机会是给有准备的人的。唐玉国遇到了当时的中科院条财局局长张丽萍。张丽萍正有一笔资金，准备做件大事情，想找高端项目。她问唐玉国："如果给你几千万的经费，你觉得该干啥？"

唐玉国脱口而出："我们要做大光栅，要超过美国，填补国内的空白。"

光栅是一种精度很高的分光元件，是各种光谱仪的核心。从光谱学的原理来说，世界上所有物质，只要激发出光来，光谱仪就可以分解出光束，感知到这物质是何物，从而达到了解事物内部构造的目的。所以，下到制药厂医药检测、炼钢厂精钢制作、海关检测等，上到对遥远星光的研究，都可以通过做光谱检测，与标准光谱对比而快速进行分辨。因为光的波长很小，所以光谱仪内含的光栅需要很精准，达到纳米级，研制难度极大。

光栅面积越大，分光能力越高；精度越高，获得的光谱分析结果越精确。面积大、精度高的光栅，被称为大光栅。要制作精度越高的光栅，就需要规格越高的衍射光栅刻划机。因此，光栅刻划机是"精密仪器之王"。唐玉国挑战这个项目，要做到世界前三。他的想法得到了中科院领导的支持。于是，中科院决定成立光栅实验室，研究大光栅，提供科研经费三千万元，并把这个任务交给国内光学领域综合实力较强的长春光机所。科技部对这个项目提出了很高的要求。唐玉国牵头，组成了一支老、中、青年研究人员结合的队伍。他们中年龄大的有八十多岁，最小的刚刚从学校毕业。唐玉国是这个团队的领头羊，他和他的团队，一边学，一边干。中科院提供的经费从三千万元增加到一亿多元。最后，唐玉国带领团队成功研制出大型高精度衍射光栅刻划机，同时攻克了如何把光栅“做大”和“做精”的世界性难题。2016年，这个项目成为中科院十大突破项目之一。

大光栅项目正在紧锣密鼓地进行中，历史的车轮再次把唐玉国推到了决策与考验面前。2008年4月，中国科学院与江苏省、苏州市三方计划在苏州高新区共同组建中国科学院苏州生物医学工程技术研究所。2008年8月，中国科学院委托长春光机所负责筹建苏州医工所。

中科院成立这个研究所是有战略意义的。中科院每年都有大量的经费用于科研，而之前主要用于军工研究方面，如“两弹一星”，这是出于国防的需要。现在国家的国防力量强大了，路甬祥院长提出科研要为地方经济服务，他认为，工业强就是国家强，这是产业化的需要。中科院在浙江宁波成立材料技术与工程研究所，在深圳成立先进技术研究院，都得到了地方政府的大力支持。而现在国家提倡发展大健康产业。中国是个人口大国，人口结构也已经趋向老龄化，人们对健康和医疗的要求越来越高，而国内好的医疗设备大部分靠进口，许多中国病人因无法享受到进口医疗器械的服务而处于痛苦之中。中国的医疗器械研发水平还比较低。为了打破格局，以利民生，中科院下了很大的决心，成立苏州医工所，希望能够组建自己的研发团队，制作自己的医疗器械，帮助国家减少资金外流，解决医疗问题。

对苏州来说，苏州医工所的设立意义重大。苏州是经济发达的园林城市，人杰地灵，有世界各国的高科技企业入驻，同时又是商业城市，汇聚了世界多国的贸易信息，是被称为“天堂”的繁华之地。而苏州高新区在积极招商引资，引得外国企业纷纷入驻之后，已经是高楼林立，基础设施建设完善，老百姓幸福指数高。苏州需要引进高科技企业，以科技带动苏州高新区的产业发展，更好地提高人民的生活水平。

苏州高新区是苏州市为了保护苏州古城而在苏州西部开发的新城区，是国家高新技术产业开发区，与苏州古城紧紧相连。苏州高新区境内有京杭运河，南邻东太湖湾，北面有长江，距上海虹桥国际机场只有90多公里。从招商引资到向高科技发展，高科技给区域经济带来了无限的增长空间，也给苏州高新区带来了一个新的挑战，指明了一个发展方向。政府计划把苏州医工所建在太湖边的科技城，那是一个有山有水、风景秀美的地方。这也是政府高层领导认真思考的结果。广东前几年就开始“腾笼换鸟”了，已经开始清理一些单纯外向型加工企业了，转向发展高科技。而苏州还很依赖一些外资和民营企业，经济发展进入了瓶颈期。人无远虑，必有近忧。于是，领导层考虑到了科技的重要性。

中科院把筹建任务交给长春光机所，也是经过深思熟虑的。长春光机所科技人员多，底子厚，成立得比较早，工程力量强，曾经为我国的军工业做出过很多贡献，特别是在激光方面代表国内最高水平，也培养了很多有名的科学家、院士，像王大珩、徐叙瑢、陈星旦、曹健林、蒋筑英等。尤其是蒋筑英，献身科技，英年早逝，是全国科技界的英雄和楷模。这支光的团队，凝聚了几代科技人的灵魂。

要探索宇宙生命的奥秘，既要能看到太阳系、银河系，乃至无边无际的宏观世界，也要能够看到微小的微观世界，看到细胞，把细胞放大到几千甚至几万倍，从而知道生命的奥秘。于是，光便成了我们人类探索宇宙生命奥秘的工具。而长春光机所里有一群追光的人。或许这就是决策层决定把这个研究所建在苏州，让长春光机所来筹建的原因。

于是，占地208亩、建筑面积7.8万平方米的苏州医工所在苏州高新区科技城开始建设。唐玉国是以筹建组副组长的身份来到苏州的，筹建组住的房子也是租来的。唐玉国的任务还是搞科研，带出一个好的科研团队。他两头跑，因为当时他在长春光机所实验室还有几个国家重大项目。

中国科学院苏州生物医学工程技术研究所，顾名思义，它明确了生物医学的方向，也就是针对大健康产业的；而关键点在于“工程”，也就是科研产业化，就是将科研成果转化成产品，然后投进市场。

刚刚筹建的苏州医工所，资金极其短缺，人心极其不稳定，面临着生存和发展的巨大压力。如何开展科研工作，大家都很迷茫。既没有领军人才，也没有学科方向，怎么办？“我们要敢作敢为，闯出一条路！”作为分管科研的副所长，唐玉国根据苏州医工所的实际情况，结合国内医疗设备市场上进口设备占比很高、百姓就医成本居高不下的情况，提出了研发一批适用于我国基层社区的医疗设备的设想。

唐玉国身先士卒，带领所里十多名刚刚从大学校园出来、毫无项目经验的研究生开会讨论，让年轻人畅所欲言，通过讨论碰撞出火花。经过几天几夜的“头脑风暴”，他们有了初步的方案。根据初步方案，唐玉国又分别和几名年轻人讨论项目的可行性，指导他们进行项目申报书撰写等前期工作。功夫不负有心人，在唐玉国的带领下，“低成本诊断与治疗工程项目群”项目申报书得到了中科院领导的认可，最终获批了近3000万元的科研经费。

经费有了，但是项目研发任务更艰巨。筹建期的苏州医工所缺乏实验设备，很多实验必须到长春完成。由于长期奔波，加上劳累过度、精神高度紧张，没过多久，唐玉国有一次在长春光机所工作时突发心脏病，住进了长春的医院接受治疗。住院期间，唐玉国仍然心系苏州医工所，经常通过电话、邮件指导所里年轻人的科研工作。出院后，他顾不上休息，立刻回到苏州，带领团队继续攻关。

“玉国是一个非常勤勉的人，脑子里每天想的除了工作还是工作。去苏州医工所这两年，我看着他头发全白了，打心眼里心疼啊！”唐玉国的妻子说。

经过四年的努力，2012年11月26日，苏州医工所通过了验收，正式成为中科院序列的研究所。

然而，一个新的问题摆在了唐玉国面前：留在苏州医工所还是回长春光机所？尽管他不怎么适应苏州的气候，但是，苏州医工所这个舞台真是不小呀！他心中有很多的想法——科研、人才，包括他一直思考的科研成果的转化。在苏州医工所，他或许可以实现自己的理想，把科研产品推向市场。

留在苏州还是回东北？这个问题一直困扰着他。眼看着苏州医工所的大楼在美丽的太湖边崛起，他日趋踌躇不定。很快，中科院的领导对唐玉国进行了考察。经过民主讨论，组织上把他列为去苏州做第一任所长的候选人之一。他没有马上答复，而是选择先回去和爱人王丽荣好好商量。在关键的时刻，他总是和爱人一起商量。

王丽荣既要工作，还要带孩子；家中大大小小的事情都是她张罗，甚至家里的装修也是她一手操持的；还要照顾两家的老人。她为了这个家，付出了多少艰辛，还培养出一个优秀的女儿。他们的女儿学习成绩一直很优秀，后来考入了美国波士顿大学。王丽荣在管好家庭之外，没有放弃继续深造的机会，几乎和女儿一起学习，2005年晋升为教授，2006年被遴选为硕士生导师，长期从事信息处理和自动化控制教学与科学研究，理论基础扎实，科研经验丰富，已经主持和参与完成了国家自然科学基金、科技部等20余项科研项目，取得了较出色的成绩，获得过吉林省科技进步二等奖，获得了17项国家专利，发表论文50余篇。他们家可以说是科技之家。

王丽荣默默付出，从来没有一句怨言。只有唐玉国生病了，在家休息的时候，两个人才真正过着家庭生活。王丽荣在学校教书，唐玉国在长春光机所搞科研，一家人其乐融融。

当时唐玉国在长春光机所的实验室里还有三亿多元经费的国家项目在做，回长春应该是最理想的状态，不用费太多精力，做好科研就行了。而苏州医工所要钱没钱，要人没人，要设备没设备，实在不是个合适的地方。

唐玉国回家把领导让他留在苏州的想法和爱人一说，王丽荣只是说："你自己定。反正你到哪里，我就跟到哪里了，你的身体要人照顾。"

唐玉国心里明白，爱人一直是他坚强的后盾，也是最了解他的人。于是，唐玉国去找了自己的老父亲。老父亲已经从太阳村搬出来了，也到了长春，开了个杂货店。唐玉国经常去看他。老父亲知道儿子的心思："我老了，帮不了你什么。你是国家的人，我用煎饼把你养大，你不属于一个小家，你心中要有国家才对。你想去就去吧，我不需要你照顾。再说，还有你的弟弟妹妹在这里呢。"

唐玉国的母亲舍不得他："在长春好好的，不要再去苏州了。"

他又找到了自己亦师亦友的朋友——时任科技部副部长曹健林。说起来，两人颇有渊源，同事过，又都是王大珩先生的学生；曹健林的创造发明还经王大珩先生点拨过。他和曹健林在长春的茶馆里聊了两个小时。曹健林是非常希望唐玉国留在苏州的。他认为，唐玉国去最合适。第一，唐玉国精通业务，特别是在医疗设备上有过尝试；第二，唐玉国在管理上也有经验。曹健林反复关照唐玉国：一是要学好英语，便于进行国际交流；二是到了这个位置上，矛盾也不一样了，心胸要放宽，要包容别人，特别是不同意见的人，包容别人的缺点，用人所长；三是要业务和管理一起抓，两者缺一不可。最后，曹健林对唐玉国说："有困难的话，大家都会支持你的。"

这一席话，让唐玉国吃了颗定心丸。

后来，曹健林果然一直关心着苏州医工所的发展。2014年，曹健林还题诗赠予唐玉国。诗曰：

茫茫人世贵激情，落座三句吐心声。
净月松涛太湖雨，虹霓总由黎后生。

民需国患重于山，七尺男儿心底澜。
卅年一剑出关日，华发青丝尽欢颜。

过隙白驹叹世迁，新思旧忆汇樽前。
诸君身手期强健，岁岁佳音伴鬓斑。

唐玉国和时任中科院副院长施尔畏交流时，施尔畏说得更加干脆：“你是党员吗？党员就得服从组织分配，党需要你去哪里，你就去哪里。这是党性问题。”

唐玉国的内心不再摇摆不定了，他决定留在苏州，哪怕前面是刀山火海，他也要留下。回到家后，当他把这一决定告诉妻子时，妻子问道：“一定要去吗？”

唐玉国回答：“一定得去。”

妻子说：“好，我跟你去。”

唐玉国说：“男儿当自强，尤其是我们搞科学研究的，更应该这样。国家需要科技，百姓需要科技。”

妻子盯着唐玉国。她心中明白，此时此刻，唐玉国虽然是个四十五岁的成熟男人，是个丈夫，是个爸爸，但更是研究所的领导。

唐玉国感慨道：“这项工作任重而道远呀！”

唐玉国再次登上了南下苏州的火车。压力是大的。毕竟，苏州医工所的房子虽然建起来了，但是没有资金，缺乏人才，连做研究的实验室也要一个个建起来。他作为一个研究所的当家人，所里众人的衣食住行，都要他考虑的呀。搞得好，这个研究所会越来越兴旺；搞不好，他怎么对得起对他抱有期望的领导、亲人，还有全所上上下下两百多人呀？他是带着使命与责任而来的。唐玉国坐在火车上，想到了雨果曾经说过的话：“未来将属于两种人：思想的人和劳动的人。实际上，这两种人是一种人，因为思想也是劳动。”唐玉国是搞科研的，自然明白搞科研实际上就是思想与劳动的结合。

他再次来苏州，要来开创一条新的科研之路。

火车轮与铁轨相碰，发出“哐当、哐当”的声响。有些人已经睡着了，可是唐玉国还在思考，他在想到了苏州应该怎么做。他是科研上的领头羊，但必须带出一批搞科研的“狼”来，事业上要有狼的干劲，闯出一条路来；为人处世上、生活上，要像羊一样，吃的是草，挤出来的却是奶。这是他规划的生存方法。

和唐玉国一起来到苏州的，还有他的妻子。有妻子在身边，唐玉国心里踏实了许多。在关键的时候，爱人总会帮他出主意，并且支持他。有了这个贤妻做后盾，他心里更加有底气了。他们会在苏州高新区，在美丽的太湖之滨，开启人生新的事业。

第三章　三把火之“项目火”

唐玉国充分运用自己的智慧和特长，争取到国家重大科研装备研制项目——“超分辨显微光学核心部件及系统研制”项目，迈出了发展的第一步，并以此为契机，带领一群新人争取到一个个国家级科研项目。

唐玉国一到苏州就进入了工作状态。一切并不陌生。房子已经建成，但是，还是空荡荡的。刚种下的小树，稀稀疏疏长着点绿叶，还得经历冬天严寒的考验。

依照以往的经验，科研单位单纯搞科研的管理思路，已经太老了。要想走出一条有特色的新路，就必须经历一次蜕变，从传统的管理模式中走出来，才能与国际上的科研单位接轨。这个想法一直在唐玉国的脑子里盘旋。他这个想法真正的目的就是要争取到更多的资金，吸引更好的人才。有了资金和人才，才能让苏州医工所生存和发展。

唐玉国怀揣着求变的想法，需要找人进行思想的碰撞。要想在研究所里实现这种思想的碰撞，似乎很难，因为科研工作者的思路基本上是固化了的。他需要找企业界、金融界的朋友谈，走出去呼吸新鲜空气，给自己的大脑补氧。这段时间，他想得累了。

首先，他去找了自己高中的老同学，北京大学毕业的白文涛。白文涛近几年一直在做金融，做得风生水起，在北大的MBA班还是秘书长，和国内外的一些金融界人士有交往。对唐玉国来说，白文涛那里有一座无形的金矿等着他，于是，他飞去了深圳。一方面，他需要得到老同学的指点，因为他内心确实没有底；另一方面，他希望得到白文涛的帮助。在人生面临挑战的时候，找老同学聊聊，应该是有启发和帮助的。

到了深圳，白文涛不在。第二天早上，白文涛来了，陪唐玉国吃早饭。于是，唐玉国把自己的情况和白文涛说了说。白文涛一开始对科研单位不太感兴趣，但是唐玉国话锋一转，说："我给你个软课题，让你们北大的精英来完成。"

白文涛觉得奇怪了，问："什么课题？"

"中国的医疗器械怎么做？"唐玉国说。他希望老同学的思路能够转到自己的平台上。

大家都知道，中国的医疗设备相对比较落后，主要靠从国外进口。

于是，唐玉国进一步说，只有你的投资项目成为国家需要的项目，你才能真正地赚到钱，而且有成就感。

一席话，把白文涛说动了。白文涛就说："你和你们当地的苏高新集团联系，让他们出10%的资金，我来整合一笔基金，投资到你们苏州医工所。"

白文涛对自己的投资方向进行了调整，打算投资到苏州医工所。唐玉国兴奋不已，立即回苏州联系了苏州高新区的领导。苏州高新区的领导很支持。于是，双方初步确定了一笔3亿元的合作分享基金。

唐玉国的新想法得到了投资人和政府的认同，但是，他知道，科研成果要变成产品，那是很艰难的，也不大可能迅速产生很大的经济效益。

但是，他需要的是科研单位走向市场的一次实践，同时也是对传统模式的一次突破。他要求变。怎样变？他在摸索。

在人才的招聘方面，他几乎也是一筹莫展。因为国际市场上人才的竞争很激烈，他约谈的人才大部分都跟别人谈过了，而且，别人提出的条件比他的好。他与人谈，就会遇到一个很难堪的问题——工资报酬。现在的体制下，他是无法满足那些海外人才的要求的。

一次次碰壁之后，他内心求变的想法更加强烈了。不变，争取不到人才，争取不到项目，苏州医工所无法发展呀。时代需要他转变呀。于是，他在职工大会上提出八字方针：忠诚、务实、合作、创新。他觉得，要让苏州医工所跑起来，就要有创新意识，不能走传统道路，不能用科学家的脑回路来进行管理。人才、课题、市场……所有的一切，都要有全新的思路，才能走出一条新路子。科研成果的工程化、产品化一直是唐玉国的梦想。唐玉国认为，有了好的产品上市，那就是一个大产业。这一步走得好，那就是一个巨大的机会。到那时，苏州医工所将不再是单一的研究所，而是一个学校、医院、工厂……会令人有无限的想象空间。

唐玉国有一次和美国约翰·霍普金斯大学的教授谈话时了解到，国外的医学科研单位是医生的后花园。于是，他要找到医院进行合作，一是让医生有科研的舞台，二是让科研人员也可以知道医生的实际需要。他的观点得到了认同，得到了吉林大学第一医院（简称吉大一院）华树成院长的支持。国家实施医疗改革，打破了老百姓分级诊疗的制度。吉大一院是个大医院，医疗技术水平很高，是全国床位超过5000张的几家医院之一。唐玉国和华院长沟通后，双方签订了合作协议。医院把苏州医工所当作科研平台，让医生实现当科学家的梦想，也参与成果转化；而苏州医工所把医院当作科研人员的实践平台。

与民间基金合作以及医工结合，在当时国内的体制下还没有先例，所以必须制定出一系列的制度加以规范，包括今后的产业化也需要做到知识产权明晰。谁来评估这个产权？那得建立一个评估体系。工程师们靠什么来稳定？于是，唐玉国出台了成果转化奖励制度。这个举措在科研单位是前所未有的，有点像小岗村的包产到户，风险很大，但是个突破。这个成果转化奖励制度提出“一所两制”，得到了时任江苏省科技厅厅长徐南平的赞同。江苏省科技厅以苏州医工所为模板，成立了江苏省产业技术研究院，加以推广。好多科研单位因为这个模式而收益多多，有了活力。

苏州医工所需要一个大项目。唐玉国提出，集中精力做好一件大事，来解决所里的科研经费。所里没有经费，他心里很急，因为他是苏州医工所的当家人。他还是想在光学仪器上动脑筋。他是长春光机所出来的，工程化经验丰富，光学的底子比较厚，从自身的科研方向找到突破口，心中比较有数。他心里把目标锁定在显微镜上。当人们把想法放在遥远的星空上的时候，他的思绪却定在了最“微”的方向上。科学家的逆向思维就是这样。他要向中科院申请这个项目。

2013年春天的一个晚上，他把自己的想法告诉了自己的爱人。王丽荣也觉得可以。于是，他当晚就打电话给中科院分管项目的一位领导，说第二天上午去北京，汇报想法。

于是，第二天他乘坐一早的飞机到北京，早早地等在领导办公室门口。他先是念苦经，希望领导支持苏州医工所这个新所；然后，就把想做超分辨显微镜的事说了。

唐玉国说，这个项目在我们国内是空白点，我们已经有能够遥望蓝天的望远镜去探索宏观的宇宙，那么我们接下来还应该去探索微观世界。我们研究原子弹、航空母舰，是出于国防的需要，其中有需求驱动；而我们研究生物医学，正好需要显微镜去探索生命的奥秘，保障老百姓的身体健康也是我们科研工作者的使命呀。

领导被唐玉国说动了，让他先把项目报上来。唐玉国为此激动不已。

这种项目都是自上而下的，也就是说，唐玉国把自己的想法汇报上去，然后再由领导来评估这个项目的意义，决定要不要上。说到底，就是国家要不要将钱朝这个方向投。

心动不如行动，唐玉国带着他的科研队伍上阵了。如果能争取到这个项目，就可以让整个苏州医工所一战成名。对唐玉国来说，每当看到代表国际最高水平的《细胞》《自然》和《科学》杂志上发表的中国生物医学论文都是使用外国的显微镜做实验后写出来的；每当看到我国的医院里、实验室里使用的高端显微镜大部分都是进口的，中国在高端显微学设备领域的研究几乎是一片空白；每当得知高端光学订单不断地从中国飞向德国的卡尔·蔡司、德国的徕卡、日本的奥林巴斯等外国公司时，他的内心都极其复杂和难受。

唐玉国了解到，一些单位花了大几百万元甚至是上千万元购回光学仪器后，在使用过程中都十分地小心翼翼，还要看外国人的脸色；如果有一天仪器出故障了，使用单位是不能动的，动了外国人就不负责，所以只能摆在原地，等外国专家上门维修；而这些外国专家并不是随喊随到的，而是要等他们什么时候有时间了才会上门维修，而且还要收取上门维修费，一次就要近万元。近几年，国内生物医学研究实力不断提升，但与国外还是有差距。有些医生和科研人员说："我们需要的显微镜，市面上买不到。"这成了越来越多科学家和医生的遗憾。医院购买设备的成本增加了，老百姓的医疗费也随之提高了。

身为苏州医工所所长的唐玉国心痛了。他下定决心，一定要研发出中国自己的先进光学仪器，助力科学家、医生实现一探生命究竟的梦想；一定要研发出最好的"眼镜"，为中国科研的自主自立增强底气。带着强烈的民族自尊心和责任感，一场高端光学显微镜的科研马拉松开始了。

有人说唐玉国胆大；有人说搞"超分辨"太难了，因为当时的光学显微镜已经能看到200—300纳米的细胞了，再小的就看不清了；还有人说，仅凭苏州医工所就想研制出“超分辨”的光学显微镜，可能性几近于零。唐玉国觉得，苏州虽然没有太强的传统科研力量，却有相对发达的制造工业，又紧邻上海这个中国生命科学与医学研究的高地，有了“需求牵引”，工程实现必会有落地发力之处。

唐玉国随即召集人马申报项目。他身边的张运海有光学研究的基础，早就已经关注这个项目了，并且主动请缨做这个项目。另外还有老班底的成员巩岩，虽然人还在长春光机所，但一旦需要，可以从长春光机所调过来。唐玉国心里还有见过一次面的李辉。李辉在国外学到的绝活，对超分辨显微成像来说也是至关重要的。唐玉国从长春光机所带来的那些人，都对这个超分辨显微镜项目有着梦想和激情。集体的力量才是无坚不摧的。

唐玉国决定先把项目拿下来，然后再找人才，缺什么人就找什么人。于是，他开始和张运海等人做课题、写方案，起早贪黑地干，几乎没有休息过。

但是，项目申报并没有想象中顺利，一波三折。

等唐玉国他们拿着方案去北京的时候，中科院条财局正好领导班子调整。新领导对该项目情况不了解，也不太支持。

中科院条财局的主管人员甚至有些怀疑这样一个新成立的研究所是否有足够的实力承担这样一个大项目。苏州医工所没有设备，也缺乏人才，这是事实。于是，唐玉国又一次和新领导沟通，可是只讲了十多分钟，新领导就去开会了。唐玉国心里准备的一大堆话，只能咽回肚子。

后来这位新领导提起这事，说当初如果回绝了就没有这个成果了；他本来是准备说服唐玉国不要去搞的，等条件成熟了再搞；但是，就是因为要去开会，他来不及回绝，反而给了唐玉国机会。

憋了一肚子气的唐玉国心里十分着急，就又去了之前那位对项目有所了解的领导的办公室，说自己感到有点灰心了，干不下去了。这个所长难当呀，他甚至想撂摊子了。其实，他如果走科学家的路，不去搞工程化，日子反而好过。这位老领导鼓励他，告诉他一个消息：财政部近期要去苏州开会，你可以先和财政部沟通。于是，唐玉国抓住了这个机会，提前打电话给财政部领导，请他们去参观苏州医工所，并且向财政部领导汇报了这个项目。财政部领导觉得，这个项目还可以，决定去苏州医工所做个调研。唐玉国把这个消息告诉了中科院条财局的新领导，并请他一同来调研。于是，领导们去了苏州，看到了崭新的苏州医工所——大气，有活力。

这次调研至关重要。唐玉国心里忐忑不安，于是，他向领导们汇报了自己这些日子的工作，然后重点说，苏州医工所现在刚建成，需要领导多多关心。中科院条财局的新领导听完汇报，觉得唐玉国的成果转化机制很好。大家鼓掌。唐玉国问道："我的超分辨显微镜项目呢？"

得到的答复是："你在长春光机所的大光栅课题，原计划四年完成，现在都八年了还没有完成呢。你哪有这个精力，算了吧。"

这话像一把剑，深深地刺痛了唐玉国的心。他觉得眼前发黑，脚下无力。但是，他很快就镇定下来。

时间已经是下午五点多了。天色将晚，唐玉国有点闷闷不乐，但还是很周到地招呼大家。中科院条财局的新领导笑了。他当然知道唐玉国的心思，想不到这个科学家为了工作如此拼命，他也为之感动。唐玉国又开始讲“超分辨”，讲他对超分辨显微镜的理解。唐玉国说，早在几年前，他就看好这个项目，但因为手里有大光栅这个项目，没有精力去做别的。现在国际上的医学前沿研究离不开超分辨显微镜，也正说明了这个项目的意义。当然，国际上的同行的研究成果还只是停留在科研上的突破，如果我们能够做出产品来，那是赶超世界水平的呀。

说着说着，他有点失态。领导们笑他有点痴，临走的时候笑着对他说：“那你们就开始做申报方案吧。”

唐玉国听到这话，长长地松了口气，心里非常开心。他和领导们一一握手道别，之后自己也上了车。他太累了，不久就昏昏欲睡。

第二天，他踏踏实实地睡到了自然醒。对唐玉国来说，苏州医工所走上了正式发展的第一步。

于是，他的团队再一次开始写申报方案，并且于2013年12月26日在北京中科院做项目申报。那一次是很正式的。他的一颗心悬着。他的团队都去了。像这一类国家级大项目，是自上而下的，拿下是不成问题的，主要是争取经费。最终，他们争取到了1.7亿元的经费。他们报上去的预算，只被扣掉了100万元。对一个新的科研单位来说，这是个惊喜。

2014年10月8日，瑞典皇家科学院诺贝尔奖评审委员会宣布授予美国科学家埃里克·白兹格、美国科学家威廉姆·艾斯科·莫尔纳尔和德国科学家斯特凡·W·赫尔诺贝尔化学奖，以表彰他们在超分辨率荧光显微技术领域取得的成就。而在国内，唐玉国提前近一年部署了这个项目，再次证明了他超前的眼光。

2014年2月，超分辨显微镜项目正式立项。对唐玉国来说，这只是有了一个良好的开端，也是个突破口。唐玉国的目标是以这个国家重大项目为契机，把全所的科研项目做起来，把所里两百多个科技工作者的积极性全部调动起来。于是，他经常凌晨三四点钟起床。如果不出差，他总是第一个到办公室。用他的话说，他迎来了人生的第二次高考。他要用高考的精神在苏州考出好的成绩，交出让人满意的答卷。

唐玉国根据人才的专业方向，明确了苏州医工所的六大学科方向——医用光学技术、医学检验技术、医学影像技术、医用声学技术、医用电子技术和康复工程技术，把光、电、声、磁、热结合在一起，进行融合，进行碰撞，让科技工作者之间产生思想上的火花。

要建立好一个实验室不是那么容易的。超分辨显微镜立项的成功，解决了医用光学技术研究室的燃眉之急，唐玉国心里放心了不少。但是，医学检验技术研究室有90多人，马上就要面临人员开支的问题。唐玉国调兵遣将，将德国马克斯-普朗克研究所（Max-Planck，简称马普所）毕业、日本东京大学留学归来的“70后”物理化学博士董文飞从科研处处长位置上调去了医学检验技术研究室。唐玉国还是采用老办法，集中精力干好一件大事。通过多次开会，他发现了很多问题：医学检验技术研究室课题组太多，方向太分散，这个90多人的队伍有近20个小组，而且同质化竞争严重。经过多次讨论，唐玉国对课题组进行了有机整合，该分的分，该合的合，组建了十几个有战斗力的小组。接下来，他让每个组做好规划，明确核心技术方向。围绕各自的核心方向，各个课题组坐下来，认认真真商量。经过多次激烈的讨论分析，最后唐玉国拍板，明确了主攻方向，决定集中9个小组的力量，围绕新型流式分析技术，建立流式仪项目群，在一到两年的时间里，完成流式细胞仪、液相芯片、数字PCR（聚合酶链式反应）等三台仪器和多项试剂的研究，同时也做好几个前沿项目的布局。

思想统一了，唐玉国给了董文飞一千万元科研经费，对董文飞说：“这个钱是借给你的，是有利息的，你打算怎么还？”

董文飞心里有底：“两年后加倍归还。”

唐玉国笑了。

果然，这个研究室第一年就拿下了几个大项目，经费合计超过亿元，其中还包括一个国家级大项目“大视场生物成像分析仪”。

那段日子，医学检验技术研究室全体人员艰苦奋斗，每个实验室几乎都是夜夜灯火通明。大家做起实验来，已经不知道白天黑夜了。因为大家都知道，这些经费都是所里好不容易拿到的，不能乱花，而且要加倍归还。这既是压力，也是动力。

项目方面，只要有人才，就可以再建实验室，进一步发展，成熟一个发展一个。医学检验技术研究室蛋白质组学中心需要建一个新的实验室。中心负责人尹焕才研究员的报告被送给了唐玉国。唐玉国看完报告后，让蛋白质组学中心再仔细地研究一下，把各项工作细化到人。尹焕才拿回了报告，还以为这份报告需要一个月后才可以再去做。但是过了快一个星期的时间，尹焕才还没有着手准备，唐玉国就过来问他："实验室的事做得怎么样？进展如何？"

尹焕才愣住了，回答道："还在酝酿中。"

唐玉国问："怎么做得这么慢，是不是遇到什么困难了？"说完，唐玉国把建实验室的想法详细地说了一遍。原来唐玉国自己已经把方案想好了。尹焕才真的感到脸发烫，心中佩服唐玉国的这种工作精神与责任心。他感觉唐玉国的脑子里好像无时无刻不在想工作上的事。尹焕才是2009年第一批加入苏州医工所的，同期的几个人都是刚刚走出校门的研究生，来之前什么都没有做过。面对这样一批"学生军"，唐玉国采用的方式是放手让他们做项目，给他们锻炼的机会，给他们压担子。

有条件要上，没有条件创造条件也要上。很多事情他们都是第一次接触，第一次遇到，难免有点束手无措，不知道怎么开展工作。于是所里组织了一个十几个人的小团队，其中除了唐玉国，其他全是这些刚毕业的学生。大家各自分工，写方案，查找资料，搞预算，把整个项目都论证下来，前后经历了四五次答辩，最终拿下了项目。当时唐玉国跟他们一起参与了整个项目，既是领导，更是一位导师。

唐玉国教会这些年轻人很多书本上没有的知识，为他们后来做其他项目打下了良好的基础。

医学检验技术研究室副主任王策研究员接触到的第一个国家项目是流式细胞仪项目。整个项目过程中，唐玉国亲力亲为指导他。

王策还是第一次参与项目，以前并没有做过。这个项目从撰写申报书开始，到预算编制，再到技术细节、答辩注意事项等，王策心中完全没底。唐玉国对他们项目的预算编制做了指导。提交材料的前一天，他们修订预算直至深夜，结果唐玉国直接跑到他们住的宾馆里参与讨论。这让王策既感到吃惊，又感到有一股暖流流遍了全身。他想，一个单位的领导完全可以第二天上班时过问此事，唐玉国却不声不响地参与到了项目的事项中去，让他这个年轻的科研人员增加了力量和信心。

他们坐在一起。唐玉国把预算要求和项目方案分析了一遍后，把预算书拿在手里认真地审查，相关性强不强、合理不合理、符合不符合政策，跟他们逐项核对了一遍。那时候王策刚到苏州医工所工作，跟所里的领导接触不太多。唐玉国深夜去指导他们的项目申报，真的让他感到受宠若惊。

但是后来，他听说，这是唐玉国多年的习惯，凡是重大项目申报、实施的关键环节，唐玉国都会关注、参与，像这样手把手地现场教学。这对新职工是一种鼓励，更是一种信任。唐玉国就是这样，润物细无声地将自己对科研的热爱传递给每个职工。

实际上，唐玉国习惯于关注项目最细节的地方。他本人不但直接参与到项目过程当中去，而且手把手地教会每一个新人从做科研计划开始，逐步开展项目工作。后来，随着项目的稳步推进，有一天晚上，王策加班到九点多，实验室的门没锁，突然他听见身后有一个人说："还在加班啊？"

正在全神贯注焊接电路板的王策吓了一跳，转头一看，原来是唐玉国。

唐玉国说："我是看你这么晚了还在加班，是不是还有什么问题没有解决？"

王策说："电路板噪声有点大，我调试下看看，明天联调就要用的。"

唐玉国说："温度变化、工频影响都可能是问题点，明天我看看电学组有没有人有空，你们一块讨论下。"

原来，唐玉国觉得加班到很晚肯定是有原因的，所以他会主动地去了解职工的问题，看看该怎么协调帮助解决。这一点，从他对王策的关心上就能看出来。所里一年几十个项目，他能从头到尾关心每一个项目执行、落实的情况，关心到这么细致的层面，是很难得的。

关于如何开展科研工作，年轻的没有经验的科研工作者有时会感到很迷茫，会没有方向。怎么办？会走进瓶颈期的。对这个问题，康复工程技术研究室的副主任钟君深有体会。"康复工程技术研究室"之前的名称是"精密机械室"，这个方向就太窄了，仅限于基础技术方面，制约了研究室的发展。后来唐玉国带领几位领导开会讨论，觉得精密机械与整体的医疗器械发展契合得不是很好，希望找出一个有特色的方向。

“我们要敢作敢为，闯出一条路！”

唐玉国根据苏州医工所的实际情况，经过深入调查、仔细研究，决定围绕“康复”这个概念，从精密机械这样一项基础技术入手，往医疗应用的具体需求方向发展。就是这个改动，给精密机械室带来了生机，为它的发展指明了方向。

别小看这个改动，这可是唐玉国平时了解市场、掌握前沿领域科技动态的结果。如果没有这些知识的支撑，想改也难。

苏州医工所这个多学科融合的研究所，培养出了一批年轻有为的科研人员，加上一大批专家，争取到了很多项目。血栓弹力图仪（王弼陡、孙海旋主持）、深层光谱治疗仪（崔锦江主持）、失能老人智能辅助护理与监护系统（杨洪波主持）、后来成为“网红”的甲醛测量仪等一大批项目立项了。有了项目才能留住人，才能获得资金的支持。

唐玉国的第一把火——项目之火，点燃起来了。

第四章　三把火之“人才火”

唐玉国本着“不求所有，但求所用”的原则，用自己的一双慧眼和宽阔的胸怀去寻找人才、培养人才、爱惜人才，“多顾茅庐”，历经艰难，终于，精诚所至，金石为开，吸引了一个个人才来加入苏州医工所。

医工结合模式开始进入实施阶段了。吉大三院、上海华山医院等也与苏州医工所合作，项目也一个个立起来了。但是要做好这些事情，是很不容易的。医院也好，市场也好，都需要原创的东西。但是，根据当时苏州医工所的人才理念和技术水平，要想做到原创实在不易。于是，唐玉国开始寻找国际合作的路子，打算走出国门去。

唐玉国坐上了出国的飞机。他把飞机当成了又一个家。这次他又将跨越太平洋，去往彼岸的美国。这次，他是为了人才而出发。他正在努力学习英语，因为他当时在学校里学的是日语，而欧美国家交流用的语言都是英语。曹健林和他说过，要学英语，他现在终于明白了。于是，他开始像个学生一样认真学习。他说自己这是“大姑娘出嫁，临时上轿穿耳洞”。英语是他的薄弱学科，好在同去的熊大曦等人都是海归，英语好，可以当翻译。

美国是科研高端人才聚集之地，它的发展战略就是人才战。飞机穿过云层时，剧烈地颤动。唐玉国心里慌慌的。医生告诉过他，他的心脏是经不起那么多折腾的。唐玉国他们这次去是有针对性的。他们要先去国际IT业最发达的地方——硅谷，他们的朋友王学军在那里帮他们召集了一批人。争取海外人才，关于工资问题，唐玉国已经有了解决的办法，那就是成果转化和成果分享模式。虽然国家还没有明确的政策，但是，为了人才，他要突破。他已经把演示文件做好了，决心好好地招一批人回去。

一同去的还有也是从海外归来的郑安民。郑安民在美国留过学，后来带着医学上的“硬式内窥镜”这个项目加入了苏州医工所。唐玉国推出的奖励制度，稳定了郑安民的项目。郑安民的老同学是硅谷一个华人科技协会的会长，就是王学军。王学军的协会里聚集了一大批优秀的华人科技人才，正等待着唐玉国他们去做工作。唐玉国对人才的渴望太强烈了，他在国内的时候就安排好了，只要好好地去谈，说不定能够招到一批人才。

同去的熊大曦是所长助理，手里已经有多个项目了，他也需要人才。他可以现身说法，讲些苏州医工所的好政策，以此打动海外学子们。

另外，唐玉国还要去见一下美国约翰·霍普金斯大学的教授李兴德。作为世界名牌大学的约翰·霍普金斯大学，培养出了无数的科学巨匠。他要走进去，把双手伸向国际，进行国际合作。关于李兴德，唐玉国在当所长之前就有了了解；与他相识，实在也让唐玉国煞费苦心。那时，唐玉国有一次读到美国约翰·霍普金斯大学李兴德教授发表的文章，深知此人在世界光学界的非凡影响力，就让苏州医工所副所长武晓东想办法把李兴德教授的电话号码要来。

武晓东是唐玉国的老同事，一直默默地做好唐玉国的帮手，他下了很大功夫才把李兴德的联系方式要到手。唐玉国如获至宝，打电话给李兴德预约见面。李兴德告诉他，自己在大连，这次的行程全部满了，根本没有空。但是，唐玉国说，要去大连见他，“我们都是东北人，交个朋友”。唐玉国坚持着，他要建立一条中国医工界和美国医工界的交流通道。

李兴德教授被他的诚心感动了，答应等他回美国时，在北京的机场见一面。唐玉国很高兴。

到了约定的那天，下起了大雪。爱人对他说：“下这么大的雪，是不是不要去了？”唐玉国哪里听得进去，他整理了下衣物，就开车出门了。

一路风雪，唐玉国还是提前赶到了北京的机场，等着李兴德。那次其实是他第一次和李兴德见面，之前他根本就不认识李兴德呀。离登机只有一个多小时的时候，他接到了李兴德的电话。两人一见如故，在机场谈了一个小时。“你一定要帮我们呀！这不是帮我的问题，而是要让我们中国的医疗器械走向世界呀！”李兴德被唐玉国执着的精神感动了。但是，当唐玉国谈到和苏州医工所合作时，李兴德思想上还是有顾虑，因为他在国内机构挂的名太多了，不想要这虚名了。而且他是搞科研的，他的舞台在实验室呀。谈话好像进行不下去了。

唐玉国还是在找机会，问李兴德：“那和你们单位合作怎么样？你每年都是要回家的，跟你们单位合作，你不就有理由回家了吗？”

这个提议打动了李兴德。李兴德觉得可以试试，于是，他到美国后，就向领导汇报了。领导很快就回了信，同意合作。不久后，李兴德把自己单位的系主任带到了苏州，确定了和约翰·霍普金斯大学合作的框架，他自己以单位合作方式进入苏州医工所的体系。可以说，苏州医工所和美国的合作是从李兴德开始的。唐玉国心里想的就是人才。整个医疗器械领域的高端人才主要集中在美国、德国等国，要做好项目，就要找到高端人才，特别是医疗领域的高端人才。

坐了十多个小时的飞机，唐玉国觉得脑子里嗡嗡响，走下飞机时，脚底有点飘。一下飞机，他就迫不及待地赶到了郑安民的办公室，开始布置他的现场办公室。他借郑安民的场地，播放演示文件，讲成果转化和成果分享模式。

“不求所有，但求所用”。哪怕不来苏州医工所，但是，项目还是可以合作。

唐玉国的成果转化和成果分享模式很有吸引力。他们一次次地讲解成果如何转化、如何分享的思路，讲苏州医工所是你们的娘家，为大家提供平台，大家可以自由发挥。

大家听得很开心，好多海外学子动心了。那天，唐玉国他们很兴奋。午餐是定在一家中餐馆的，原计划请三十个人，结果陆陆续续来了四十多人，坐了四桌。

当有人问到工资待遇的时候，唐玉国就说，可以通过成果转化来实现自己的目标。这个大胆的想法，虽然当时还缺乏国家政策的支持，但实践证明是正确的。之后，在2015年，国家就颁布了新版《中华人民共和国促进科技成果转化法》，用不低于50%的成果转化利润奖励科技人员。

唐玉国的成果转化和成果分享模式让海外的人才有了想法。他抓住这个机会，一天跟三十多人进行了交流，一个人约半小时，从一早谈到晚上，连续谈了十多个小时，连喝水的工夫都没有。大家散了之后，他直接在沙发上睡着了。唐玉国为了人才，废寝忘食。

那天，唐玉国当场确定了十多人，根据情况的不同，用不同的方法合作。很多想法都是对传统方法的突破。唐玉国的成果转化和成果分享模式，取得了很好的效果。

约翰·霍普金斯大学在生物医学方面是世界领先的，聚集了世界顶尖的生物医学方面的人才。于是，他们又登上了飞向巴尔的摩的飞机。身为这所大学的教授，李兴德可以站在国际的高度，掌握全世界生物医学方面的前沿信息。

李兴德已经和大学的教授们联系好了。唐玉国知道，他需要这些教授们的一些思想理念，这是他学习的机会。八个来自不同国家的顶尖教授介绍了他们的成果。他们的成果，唐玉国心里是有数的。唐玉国正为苏州医工所的研究方向而困惑，特别是医学影像方面。唐玉国就中国医学影像设备研发举步维艰的情况，向一位美国教授请教：“我们中国的医学影像设备该如何发展，是不是不能再做了？”

那位教授首先认为唐玉国很“诚实”，然后说：“可以做，但是不能去做全身影像，要先做人体器官影像，一步步走。”

那位教授还提醒唐玉国：“等飞利浦和你们合作的时候，再做人体全身影像。”唐玉国豁然开朗。从这位教授身上，他学到了许多，也获得了灵感，明白了苏州医工所该怎么做科研。

让这些科学家成为苏州医工所的一分子，是多么美好的事情！于是，在李兴德的努力下，约翰·霍普金斯大学与苏州医工所的合作正常进行了。李兴德在国内的知名度也很高，他是中国科学技术大学物理系的高才生，他国内的同学中已经有好几个是院士了。因此，李兴德还介绍了国内一些生物方面的专家给唐玉国。唐玉国收获不小。李兴德还为苏州医工所编杂志，把苏州医工所的科研成果介绍到国外，同时把一些国际前沿信息告诉苏州医工所的科研人员，让苏州医工所的科研人员站在国际的高度思考问题。苏州医工所科研人员的眼界开阔了，水平提升了。

“科技人才是世界的宝贝”，用这话来形容科技人才的价值，一点儿也不过分。我们或许都曾经从电影、电视或小说中看到过，为了一位科学家，国家动用了军队，不惜一切代价保护这位科学家安全归来。这充分证明了科学家的价值，那真是“千军易得，一将难求”。

李辉出生在山西运城闻喜县一个教师家庭，2013年与唐玉国见面时，唐玉国问他的第一句话就是：“回国你有什么要求？”

李辉也是个直爽人，说道：“作为中科院的高端人才引进。”

唐玉国说：“问题不大。”

就这么简短的几句话，两人一拍即合，因为他们都怀抱一颗同样的报国之心。让李辉想不到的是，一个星期后，唐玉国就安排了李辉视频面试。5月份，李辉就通过了面试。之后，李辉处理完了在美国的事务，7月份就到了苏州医工所。后来，李辉与唐玉国谈到招聘之事。原来，李辉还在中科院物理研究所学习的时候，唐玉国就开始注意李辉，认为李辉是个好苗子，将来在显微光学领域定能发挥作用，所以一直关心着李辉的成长。李辉也笑着说，早在2009年的时候，他还在德国，他的妻子在国内生孩子，他回国探望，专门去苏州医工所“考察”过，早有了回国的愿望，希望能成为苏州医工所的一员。原来，两颗心早早地就想到一处、走到一起了。他们都是科学家，科技报国的心是一致的，振兴祖国的赤子之心是一致的。

“不拘一格降人才”是唐玉国的宗旨，他甚至打破了夫妻两人不能在同一个单位的成规。唐玉国在国外招聘的时候，碰到几对很优秀的夫妻人才，李辉夫妇就是一个典型例子。当李辉的简历递到唐玉国手上的时候，唐玉国还见到了他爱人的简历。李辉的爱人也特别优秀，也是博士。两人都是难得的人才。按照规定，夫妻两人是不能同时在一个单位的。但是唐玉国认为，夫妻俩不要在一个部门就可以了，苏州医工所各个部门的结算都是独立的，只要不是开夫妻店就行。

按照这个理念，有好几对夫妻回到了国内。张京钟夫妇也都是海归博士，从事同一课题的研究。唐玉国把他们请进了苏州医工所这个幸福的大家庭。

在唐玉国的努力下，陆续有十几位高端人才从美国、欧洲等国家和地区来到了苏州医工所，不少国际上顶尖的团队也被唐玉国引进了苏州医工所。在工程技术方面，苏州医工所还聘请了德国慕尼黑工业大学神经科学研究所所长及其团队来苏州工作。

“苏州医工所虽然现在条件有限，但我们会尽最大能力为人才创造好的科研和生活环境，让他们一心一意地在这里工作。”唐玉国说。

除了引进国外团队全职加入，唐玉国还大胆尝试以“半入职”形式引进国外科技人才。2016年3月，唐玉国去美国硅谷与海纳百川公司进行洽谈。为顺利达成合作，唐玉国同意对方的科技人员可以继续留在硅谷工作，但要在技术上为苏州医工所提供支持。在与一名剑桥大学的博士后谈合作时，唐玉国干脆提出他一年只需要在苏州医工所工作三个月，其他时间还是待在英国。“合作的形式可以是多样的。现在很多地方招人都要全职，但一些人全职回来，无法适应国内情况，有时反而做不出成果。”

唐玉国认为，实施人才战略不仅仅是与世界上其他科研机构争抢人才资源，同时也要加强彼此之间的人才合作。

加强与国际先进科研机构和世界著名大学的合作，一直是唐玉国反复琢磨的事。为了培养好人才，唐玉国提出了与哈佛大学共同招收博士后的想法，博士后的研究项目由哈佛大学和苏州医工所共同确定。

郭宇征就是这样一位博士后。为了引进他，唐玉国多次联系、争取。一开始双方磨合并不顺利，郭宇征提出的研究方向与所里的整体布局不太契合，但唐玉国一直没有放弃。经过近半年磨合，郭宇征终于提出了一个与苏州医工所的研究方向相吻合的课题，并很快得到了认可，为苏州医工所创造了巨大的价值。正是由于唐玉国“多顾茅庐”永不放弃的精神，海归的心，终于归来了。

在超分辨显微镜项目立项后，唐玉国又将登上飞机，这次是他第三次出发。

唐玉国和所长助理董文飞登上了飞机，这次他们要去的地方是德国。董文飞在那里有留学经历，也认识许多朋友。德国是医疗器械水平走在世界前列的国家，那里有许多高端人才。在飞机上，唐玉国拿出了笔记本和笔，在笔记本上写下到德国后的行程安排。坐在旁边的董文飞瞟了一眼唐玉国安排得密密麻麻的行程，不由得笑了。

唐玉国合起本子，问：“你笑什么？有什么好事，说出来跟大家分享分享。”

董文飞说：“我是佩服我自己很有眼光，加入了苏州医工所，尤其是遇到了一位只顾工作的领导。我们搞科研工作的，就是要认真，就是要一丝不苟。在你的带领下，我不认真工作都不行，所以我感到高兴。”

唐玉国说：“我也没有办法啊。所里有事要忙，我先把行程安排好了，就可以节约一些时间，工作就有头绪。反正坐在飞机上也是闲着。”

董文飞说：“唐所长，我发现你把在德国一周的行程都安排满了，你怎么就没有疲劳的时候？”

唐玉国说：“工作上的问题解决了，疲劳也就没有了。”

董文飞说：“我不跟你说话了。你的工作行程已经安排好了，就好好地歇会儿吧。”

唐玉国说：“你说我们这次到德国去，会碰到哪些困难呢？”

董文飞说：“唐所长，你就先不要想着工作了，还是赶紧休息一下吧。”

空姐推来了饮料车。董文飞向空姐要了杯咖啡递给唐玉国，说：“唐所长，你先喝杯咖啡吧。”

到了德国，唐玉国一下飞机就去了一所著名院校进行交流访问，周六周日也与一些优秀的华人交流，精力充沛与旺盛得让年轻人都感到惊讶。只要谈到工作上的事，唐玉国就有一股劲，就会立即燃起超常的能量，热情地投入到工作中去。那次在德国慕尼黑，唐玉国还得到了一位宝贝人才。此人名叫贾宏博，后来成为超分辨显微镜项目的精英人物。

他们先去参观了慕尼黑工业大学的动物实验室。唐玉国惊奇地发现，慕尼黑工业大学的动物实验室里用的仪器都是学校自己开发的光学仪器。唐玉国开始对德国的这些留学生感兴趣了。同去实验室的还有在德国留学的孙敏轩，他是董文飞在德国留学时的朋友。唐玉国本来也没有注意到孙敏轩，但是，他看见动物实验室里的光学仪器的时候，觉得德国慕尼黑工业大学的这些留学生实在是有一手。

贾宏博不善于和人交流，而且他的打扮也有点另类，留着长胡须，走路时也一副思考的样子。唐玉国对贾宏博的情况早有所掌握，知道贾宏博是北大毕业的。贾宏博的神经脑科学研究师出名门，他的导师是慕尼黑工业大学最有名的教授，他的导师的导师是一位神经脑科学方面的诺贝尔奖获得者。世界神经脑科学研究有两个主要方向：一个是用电子显微镜研究神经脑科学；还有一个就是贾宏博的课题组所采用的，用光学显微镜来研究神经脑科学。贾宏博研究的就是用于观察脑神经的双光子显微镜。他是当时苏州医工所最需要的人才呀，因为超分辨显微镜项目已经立项。

于是，唐玉国就问旁边的孙敏轩，能不能请贾宏博一起吃晚饭。孙敏轩觉得没有必要，因为贾宏博很可能会拒绝，他们反讨个没趣。唐玉国还是打了个电话给贾宏博，试探性地问贾宏博：“你是做什么的？”

贾宏博接了电话，很客气地回答：“做光学仪器的。”

唐玉国就说：“我们就有个超分辨显微镜项目，做光学仪器的，你愿意合作吗？”

贾宏博有点迟疑，没有马上回答。

唐玉国一听对方的口音，觉得很熟，于是话锋一转，问：“你是哪里人呀？”

贾宏博回答：“是东北吉林的。”

唐玉国很兴奋，觉得机会来了：“我也是东北吉林的。我是蛟河的。”

“我们是邻县老乡呀。”贾宏博也高兴起来了。

两人在德国有他乡遇故知的感觉。于是，贾宏博答应和苏州医工所合作。唐玉国让他发一封简历过来。到了晚上八点多，贾宏博传来了简历，同时也给唐玉国写了一份文件。在文件中，贾宏博针对中国科研情况提出了自己的观点。他认为中国的军工业之所以发展得比较快，是因为军工研究所背后有工厂，那些工厂的工人都是教授、学者。那是一个试制工厂，很多重大的成果都是试制工厂创造出来的。因此，要改变中国科研项目难落地的情况，就必须走这条路。这个想法和唐玉国的成果转化模式不谋而合，让唐玉国兴奋不已。夜里两点多，大家已经进入睡梦中，唐玉国还在为这个人才纠结。他给贾宏博发微信，希望能见一面。唐玉国心中已经打定了主意，一定要和贾宏博合作。贾宏博回信说可以的，上午十点见面。

其实，那天唐玉国早就安排好了上午的行程，但是，他果断地放弃了原计划，决定和贾宏博见面。一见面，他就找到了一个大宝贝，打通了一条与慕尼黑工业大学合作的通道。贾宏博同意合作。而且唐玉国答应，贾宏博不用放弃在慕尼黑工业大学的课题研究，每年去苏州医工所工作三个月就可以。这为今后双光子显微镜进军德国打下了基础。贾宏博参与超分辨显微镜项目，对超分辨显微镜项目的进展有十分重要的作用。唐玉国心里又踏实了许多。

董文飞看见唐玉国开心的样子，就说：“这次唐所又捞到大宝贝了！”

他们在德国待了一周左右，每天的行程都安排得十分满。董文飞这个四十岁的人都几乎被拖垮了，唐玉国却依然精力充沛，不停地思考问题。有时夜里突然想起了什么，唐玉国就会立即起床，或打电话，或查电脑，或记下来第二天再办。

在德国的一个星期，唐玉国与董文飞接待了十几位光学与生物专家，走访了十多所著名院校，把光学与生物两个领域的专家和科技成果渐渐集中起来，集中到一个科技领域中去了。

唐玉国还有一个特点，就是无论走到哪里，他都要把想办的事情办成。有次他去美国招人才，与人谈话。他招人才的思路与一般人的不一样。在美国硅谷时，他想引进一个优秀人才，需要跟一家公司谈合作。唐玉国发现合作的方式主要就是签个协议，以后是否有实质性的发展还说不定；再说那家公司的实力并不是很强。当时有许多人都认为应该放弃与那家公司的合作。但是后来，唐玉国让那家公司在硅谷为苏州医工所提供合作的资源，进行实质上的合作。那家公司成了苏州医工所在美国的一个不用花钱、没有编制的办事处，那家公司的科技人员也为苏州医工所提供了许多有价值的科技信息。

就在那年，唐玉国去了国外四次，参观了美国哈佛大学、德国慕尼黑工业大学、英国牛津大学等院校的实验室，还参观了英国

“钻石光源”项目地，听取了“钻石光源”发展史和发展情况，看了他们的蛋白质晶体、细胞和动物实验室的各种仪器，也深切感受到了中国和其他发达国家的医学研究水平的差距。

除了招人才之外，唐玉国还调查研究了国外的科研成果转化体系。德国有四大研究所，其中马普所是做基础研究的，亥姆霍兹（Helmholtz）是做大科学装置的，莱布尼茨（Leibniz）是做创新研究的，弗劳恩霍夫（Fraunhofer）是专门为工业服务的。这些研究所有效地支撑了科研成果的转化，形成了想法—专利—原理样机—工程样机—产品—商品的闭环，有效保证了科学技术成果在大学—科研机构—公司—医院等系统的良性循环。同时，唐玉国还发现了大科学装置在创新链到产业链中的巨大作用。

大科学装置是指通过较大规模投入和工程建设来完成，建成后通过长期的稳定运行和持续的科学技术活动，实现重要科学技术目标的大型设施。其科学技术目标必须面向科学技术前沿，为国家经济建设、国家安全和社会发展做出战略性、基础性和前瞻性的贡献。唐玉国认为，从医学的角度讲，科研产品只是一个零件，只是大科学装置的一部分。无论是从国家层面思考，还是从医学的角度思考，中国都需要一个医学方面的大科学装置。当然，这一步还很遥远。

对大科学装置，唐玉国一直十分关注。

大科学装置是现代科学技术诸多领域取得突破的必要条

件。20世纪中叶以来，科学技术发展中出现了一个新的态势，即许多科学领域已经发展到这样一种地步：它们的进一步发展，或者说它们对研究前沿的突破，都离不开大科学装置。世界各国以巨大的投入建立大科学装置，其推动力即在于此。

西方发达国家的科学技术水平和强大的国际竞争能力在相当大的程度上是通过一批高水平的大型科研基地体现的。这些科研基地都拥有先进的大科学装置，甚至大科学装置群，作为支撑其强大科技竞争力的基本条件。

当前，我国也在不断兴建大科学装置，积极参与国际大科学计划。苏州医工所作为一个国家级的科研机构，如果哪一天也能建立起大科学装置，那就可以说，我们的医疗水平是真正赶上世界先进水平了。而眼下中国的高端医疗产品主要还是靠进口，科研人员还是只能先填补这些空白，不能让国家的钱太多地向国外流。国外之行，让唐玉国长了见识，他的心事也更加重了。

一个个人才的引进，得益于苏州医工所人事制度的改革，以及唐玉国“不求所有，但求所用”的思路。“而当碰到底线和红线的时候，要头脑清醒，立场坚定。”这是唐玉国经常说的话。苏州医工所负责人事教育的所长助理赵也明说：“苏州医工所在人事制度上的创新力度是很大的。这一系列人事改革举措甚至得到了中科院院长白春礼的表扬。白院长认为，人事制度创新使苏州医工所吸引了好多人才。”

唐玉国提出，评职称不能纯以文章论。他提出，只要有成果，大家就能够既赚到奖金，还可以评职称。

随着人才的引进，管理上的压力也大了。苏州医工所的人员组成，主要是三批。一是长春光机所留下来的。当时筹建的时候，长春光机所过来了很多人，到苏州医工所正式建成之后，有一些人回长春光机所了，另外一些人留下来了。当时，新成立的苏州医工所前景不明朗，留下来的人也是忧心忡忡的，有种被抛弃的感觉。二是2009年开始招聘的年轻的“80后”研究生。三是海归，主要是从国外招聘过来的。总体来说，人才结构很特别，可以说是老的老、小的小。老的就是长春光机所那批人，已经近退休了；小的是“80后”，经验稍有不足。唐玉国身上的压力不小。要让单位的科研人员赚到钱，同时也要让年轻人迅速成长起来，这是唐玉国的使命和责任。

唐玉国的办法就是用老的带小的。唐玉国自己也是一个老科研人员了，他也有带新人的任务，而2009年进来的那批年轻人，都是他手把手带出来的。

有一天，唐玉国正要去赶火车，他的学生魏通达来了，手里拿着一篇自己写的论文。魏通达是2010年到苏州医工所，成为唐玉国的研究生的。那时苏州医工所正处于创业的起步阶段，条件相当艰苦，所里还没有宿舍，魏通达只能在外面租房子住。

唐玉国深知一个人在外打拼的艰辛，一个人的孤独、寂寞，于是经常主动打电话给魏通达，问问他学习的情况，生活上有什么问题，还找人帮忙安排食宿。有时，他还把魏通达请到家里吃饺子，叙叙家常，谈谈工作上的事，聊聊将来的人生目标，等等。这让魏通达感到了一种温暖，他觉得唐玉国既是导师又是长辈。

这一次，魏通达需要论文指导，而唐玉国上午九点钟就要去赶火车。唐玉国看看时间，正是八点钟，就认真审阅魏通达的论文，指导的时候条理很清晰，将问题一条一条指出来，并且指导魏通达如何写，如何解决这些问题。

唐玉国的司机在旁边一直看手机上的时间，提醒唐玉国时间快来不及了。唐玉国花了半个小时，对魏通达进行了论文指导，而后快速地上了汽车向火车站赶去。魏通达站在窗前望着远去的汽车，鼻子酸溜溜的，感佩之情油然而生。他深深地感谢这位和蔼贴心的长者。

“80后”研究员崔锦江带领着一帮年轻人，她是苏州医工所为数不多的女科研人员之一。这一天，她闯入了唐玉国的办公室，情绪激动。

唐玉国知道她为何而来，他心里也正为此事发愁。医用光学技术研究室研究员、课题组组长檀慧明老师要退休了，可是课题组里的其他成员都比较年轻，还不能独当一面；一旦他退休，这个组就要被解散。怎么办？这些年轻人又要重新面临选择。

于是，他问崔锦江：“你们打算怎么做？”

“我们还是要和檀老师在一起，我们不想分开。”

“可是，檀老师年龄到了呀。这个事情还得和檀老师商量呀。”

于是，唐玉国主动和檀老师进行了一次沟通。檀老师表示愿意留在所里。虽然这些年轻人现在还不能独立承担课题研究任务，但是他们有基础、有经验，从这方面考虑，这支队伍不能散——散了容易，再聚起来就很难了。这个课题组的向心力还是比较强的，因为他们在一起工作好几年了，配合得相当默契，他们都希望以后还能在一起工作。

唐玉国给了他们这样一个机会，给他们两年时间锻炼、学习，打造团队。如今，他们已经有了自己的科技含量比较高的产品，也与长春的企业形成了合作关系，很好地完成了科技成果的转化。这批年轻人也个个都成了业务上的骨干。崔锦江的疼痛治疗仪也一步步做出来了。

还有一次，一个实验室的主任走进唐玉国办公室，说要解聘一个人。那个主任的态度很坚决，因为他想解聘的那个人已经影响到整个团队了。唐玉国耐心地听着。

大家的工作任务都比较紧张，那个人的工作完成得很不理想，甚至经常影响到别人的工作进度和质量。同事对他都有意见，部门领导对他也不满意。

得知这一情况后，唐玉国连续几天抽出休息时间，找到这名职工谈心。唐玉国说："你父母为了你读书，花了多少心血，你对得起父母吗？"这名职工说他也很想把工作做好，甚至他感到十分内疚，他觉得对不起部门的其他同事。

唐玉国了解到这名职工的本质是好的，是想把工作做好的，也是有责任心的，只是不适合在这个部门工作而已，于是劝他消除了内疚的心理，并将他调到了另一个部门。现在这名职工真正发挥了他的特长，工作积极肯干求上进，也很会动脑筋，成了该部门的业务骨干，得到了部门领导和同事的认可。

“不想做将军的士兵不是好士兵”，唐玉国一直用这话激励年轻人。此话一出，某个课题组的两个小年轻来找唐玉国了，要求单干，另起炉灶。

唐玉国问他们：“你们两个人谁领头？”

两个小年轻不说话了，他们还没有准备好。

原来在医学检验技术研究室胡军主任课题组内的两名骨干尹焕才和白鹏利，在负责人走后也希望能够独立。唐玉国问了同样的问题。但这次，尹焕才很干脆地说：“我负责。”

唐玉国说：“课题负责人要自己争取项目，独立养活这批人，每天开门成本就不少，你准备好了吗？”

尹焕才说：“虽然责任大，但是我愿意去挑战。”

于是，唐玉国就支持他们独立，大胆给年轻人压担子。

唐玉国出差去国外，总是从国外带回最新的科研报告、最前沿的科技信息，正如他自己所说，这就等于是把国外的智慧带到了国内；再加上苏州医工所的智慧，那就可以孵化出高端的科技成果了。每当遇到可以借鉴的好点子，他总是高兴得像个小孩子一样手舞足蹈。他常说的一句话就是：“做事就是要做到点子上，要苦干，更要巧干，否则累死也无功。”

每次他把这些信息拿去各个实验室分享，那些小年轻总是说：“唐所又给我们带来好吃的国外营养点心了。”听到这话，唐玉国开心地笑了。

经过一段时间的观察，唐玉国发现这批年轻人搞科研时有一个共同的特点，就是喜欢边做实验边做记录。这是他们在学校时养成的习惯，十分浪费时间，导致工作效率低下。

关于如何利用好时间，唐玉国建议他们，白天就在实验室里做实验，晚上就查阅资料、整理实验结果、撰写论文等。因为做实验和写论文、写报告都需要整块的时间来完成，这样分开做有利于提高效率；如果白天既做实验又写论文，事情又多又杂，就会什么也做不好。

根据唐玉国的建议，现在苏州医工所的科研人员大多按照这样的方法工作。大家都感到工作变轻松了，效率大大地提高了，精力也更加充沛。

和年轻人一起开会是唐玉国的工作常态，也是统一思想、解决问题的好方式。唐玉国常常说自己是生物领域的“外行”。有一次他找所里几个新来的科研人员开会，坐下后的第一句话就是：“你们最幸运的是碰到了我这个外行领导，最不幸运的也是碰到了我这个外行领导。”虽然这话带着一种玩笑与幽默，但职工们从中深深感受到了唐玉国谦虚好学的品德。从那时起，职工们经常看到唐玉国捧着生物学、医学方面的书籍阅读。他的这种做法，不但增长了自己的学识，也给了职工们不少的启发。

因为不熟悉，所以他能够以局外人的眼光来看待生物学的发展。他曾用电路与脑神经两者类比，让职工们受到很大启发。职工们觉得他善于在跟专家、科研人员的交流中学习，能够紧跟生物学的发展方向。

唐玉国说的“外行”指的是自己的研究方向侧重光学领域。但是，不管哪个学科，科学创新的思维方式是一致的，他教会了许多年轻人用创造性的思维方式去思考问题。

苏州医工所的青年人较多，每次的青年职工代表座谈会，唐玉国都要参加，因为他知道这是与青年人交流的最好机会，通过这些会议能够了解青年人的真实想法。在唐玉国的心里，青年人是最有朝气的一群人，特别是青年科技工作者，他们思维活跃，想法也多，了解他们的思想，有利于开展工作，留住青年人。每次参加青年人的活动，为了能与青年们加强沟通，唐玉国总是很活跃，而他的活跃总是带动大家也活跃起来，大家都感到轻松。也就在此时，人们才发现，唐玉国特别能谈、能说。有唐玉国参加的座谈会，不会因为有领导在场而鸦雀无声，反倒会非常热闹。

在一次会议上，苏州高新区提出建立江苏省医疗器械产业技术创新基地的宏伟目标，希望能积极推动医疗器械企业落户苏州。然而当高新区政府提出想要依靠苏州医工所的力量时，所里的许多职工不理解了，刚燃起的激情也降下去了，而且还产生了一些抵触情绪，带来了负面的影响。

这一切，唐玉国全看在眼里。他知道，职工们为了攻克一些科研难题所付出的代价是无法用数字来衡量的。每一项专利的获得，每一个难题的攻克，都凝聚了职工们的智慧、心血和汗水。

唐玉国对职工们说："我们是科技工作者。科技是人类的，不是哪个国家的，更不是哪个人的。国家把项目、专利给了我们，这是对我们能力的认可，说明这些是我们取得的科技成果，这就够了，这就是对科技工作者最高的奖励了。还有，每当我们遇到困难的时候，都是苏州高新区伸出温暖的手拉着我们；是苏州高新区给了我们引进人才的优惠政策；是苏州高新区帮我们去银行争取到了科技贷款的优惠；是苏州高新区帮我们协调用地、建实验室……苏州高新区是我们的家园和后盾，出于做人最基本的原则，我们也应该回报这片热土。"

一席话解开了职工们心中的疙瘩。此后，唐玉国向苏州高新区政府承诺："苏州医工所有责任推动江苏院地共建和医疗设备产业的发展。我们所有的实验室都将为这个项目敞开大门。我们就是要努力把成果转化为生产力，让科技为日益增长的群众需求服务，为社会服务。"

唐玉国在一次会上说，创新不仅需要"爱因斯坦"，更需要"鲁班"。政府工作报告中提到，要大力弘扬工匠精神，厚植工匠文化，恪尽职业操守，崇尚精益求精，培育众多"中国工匠"，打造更多享誉世界的"中国品牌"，推动中国经济发展进入质量时代。

唐玉国看了看会场上的年轻人。苏州医工所的职工以"80

后”为主，在唐玉国眼里，他们还是孩子。他为这群充满匠心的年轻人感到自豪。

唐玉国继续说，工匠精神造就了苏州繁盛的艺术创作和工艺品制作，举凡园林、丝织、刺绣等，都具有极高的工艺水准；苏州的辉煌离不开旧时的“苏州工”，而在坐落于苏州高新区的苏州医工所里，新时代的“苏州工”正在成长。

“工匠精神就是锲而不舍追求完美的精神。”会场上爆发出一阵热烈的掌声。

唐玉国用手势止住大家鼓掌。他说：“现在不要鼓掌，我很希望我为你们鼓掌。我们要攻克一批核心、关键技术难题，促进高端医疗仪器产业化。同时，要面向基层社区、乡镇医疗卫生机构，开展便携式、小型化、低成本、高技术医疗仪器研发，促进普惠百姓健康事业的发展。”

对年轻人进行教育、培养、鼓励，是唐玉国一贯坚持的。他一直给年轻人机会。2013年是苏州医工所正式成立后第一届领导班子履职的首年。那时，2009年进所的年轻人，也工作三四年了，为苏州医工所的发展做出了一定的努力，取得了一定的成绩。有些年轻人觉得后期的发展会陷入瓶颈，看不到前途，看不到希望，于是想离开苏州医工所。

得知这一情况后，唐玉国十分着急。年轻人要求上进，这是好事，所里应该关心年轻人的成长与发展。于是，唐玉国分别找了几个年轻人谈话，了解他们的思想状况。唐玉国如长辈一样劝说这些年轻人不能因为一时的得失而意气用事，跳槽并不是好事；跳到一个单位，一切都要从头再来，人家单位对你还要进行了解、考查，这样就会浪费时间，耽误自己的前程。他的一席话，使那些年轻人打消了辞职的念头。

而后，唐玉国把几个科研成绩较好的年轻人都提拔上来了，让他们带课题组做项目。现在所里的科研骨干，有一半以上都是当时那批年轻人。他们都能够独当一面，带领团队做好科研项目。他们心里明白，如果是其他研究所，或许不会给他们这样的机会。唐玉国此举，稳住了一批科研人员。

唐玉国还把这批年轻人中曾在南京大学从事生物传感方面研究的韩坤送到科技部去锻炼了两年。后来，韩坤回到苏州医工所，唐玉国提拔他做了战略规划处副处长。韩坤先后参与了国家“人口与健康”技术预测等多项战略研究和战略规划。为了战略研究和战略规划，他经常晚上还和唐玉国讨论，做方案做到深夜，早上把修改后的报告放到唐玉国的办公桌上。

缪鹏是南京大学毕业的，从事化学研究。唐玉国发现他是个好苗子，就把他送到国外去读书。这几年一路走来，缪鹏已经发表了几十篇高水平论文。

唐玉国还把姜琛昱这个“怪才”放到了合适的位置。姜琛昱是山东人，本科是在国防科技大学读的，硕士是在天津大学读的，博士是清华大学、北京协和医学院联合培养的，是有真才实学的。他有点恃才傲物，但是工作很努力。在调入规划处后，为了争取项目，他忍着痛风发作，一瘸一拐地走在北京街头。凭这点，唐玉国把他派去了苏州医工所在山东济南的分支单位，让他独当一面。

唐玉国始终惦记着要把职工的薪资待遇提上来。最近几年，苏州医工所多次涨工资，涨的大都是研究员二级岗以下人员的工资，受益者大都是年轻人。

给了年轻人担子，给了年轻人项目，唐玉国还考虑到年轻人实际生活的需要。不管是谁，不论年龄大小，不分资历高低，一律按照贡献的大小，给予资金的支持；另外，权力有多大，责任就有多大，权力与责任同等。

所里的年轻人都觉得唐玉国非常大气。以前，一些年轻人完成了两三个项目后，没有获得更多的权力，也没有获得资金支持，到头来什么都没有，于是渐渐对项目的进度、质量都漠不关心了。但是唐玉国不会忽视年轻人做出的成绩，他的心中都有一本账。你完成了项目，那你就应该得到你该得的东西，就像企业里发奖金一样。而且他提供的奖励的力度非常大，体现在奖金的金额、职位的提升上。这样对年轻人来说是很有意义的，也是更有冲击力的，因为年轻人需要得到的是认可，是体现出自己的价值，体现出知识的力量。唐玉国还会在不同场合给予年轻人肯定和表扬。职工们觉得他担任所长的这几年里，他们出的好多成果都是他教导、引导、指导出来的，是精益求精的。

知识分子都是有性格的。要管理那些有本事的知识分子，确实也是有难度的。唐玉国永远记得曹健林对他说的一句话：要宽容地对人。一个“宽”字，就在他心里扎下了根。

陈晓禾是1976年出生的，北京人，本科毕业于清华大学，在美国读了硕士、博士，毕业后又做了八年主任工程师，在高速电路芯片设计、计算电磁场理论、信号处理、图像处理上，具备实战能力和经验，在磁场兼容和信号完整性研究领域达到世界先进水平。他曾经遇到过一个涉及电磁兼容性的设计，大公司三年都没有做出来，但他三个月就做完了。他一直在企业里干，而企业对论文没有太多考核要求。唐玉国觉得陈晓禾有工程化的能力，能解决工程化过程中遇到的实际问题，而对苏州医工所来说，解决这些问题比发表论文更重要，于是就决定引进他。

而另外一个海归胡军颇有意思，是一位“天真”的科学家。胡军是苏州本地人，五十岁，很有学问，早年毕业于上海复旦大学，之后留学美国，从事质谱研究，并且是美国阿克伦大学终身教授。2013年，他回国加入了苏州医工所，唐玉国将他安排到医学检验技术研究室。

他向唐玉国提出想进行一款新型仪器的研制工作。唐玉国问他：“你需要多少时间把这个样机做出来？”

胡军回答唐玉国：“主要看你给多少钱。”

唐玉国笑了，觉得他实在是有点书生气。

在医学检验技术研究室干了一年，干得好好的，胡军走了，不干了，说是要自己开公司去了。没多久，他又回来了，唐玉国照旧录用了他。又干了一年，他又要走了，说他的老同学在宁波大学工作，他要去当教授去了。唐玉国说，苏州医工所有你的舞台。他不听，还是去了。结果宁波大学请了一位国际质谱研究领域的顶尖专家来当院长，并且和苏州医工所在质谱研究领域有了合作，他又以客座教授的身份回到了苏州医工所。胡军三进三出，唐玉国还是收了。胡军开心地说：“这次不走了，安心做科研了。”

一个个人才从世界各地聚集到了苏州医工所。引进人才是为了科研。一切为了科研，一切为了科研人员。唐玉国严于律己，宽以待人，觉得领导就是要提供服务。唐玉国不但是这样说的，更是这样做的。

原先医学影像技术研究室办公室在A3楼，实验室在A6楼，核磁实验室在A5楼，人员跑上跑下、跑来跑去的，工作十分不方便。为了提升医学影像技术研究室的工作条件，医学影像技术研究室搬迁时获得了很大的支持，被集中在一个影像楼里。现在，办公室、实验室都集中在一起了，职工们工作很方便，工作效率也大大地提高了。

苏州医工所位于苏州市的西部，许多职工家却在苏州市东边的苏州工业园区，一西一东，上下班很不方便，路上花的时间就达到了两个小时。唐玉国特地到人事处，提议将冬天五点半下班改为五点下班。经过职工代表大会讨论研究，他的提议很顺利地通过了。职工们得到了关心，工作的热情自然更加高涨了。

不仅如此，对有困难的人，唐玉国也尽其所能地给予帮助。长春光机所有一位姓郭的物业职工，曾经帮唐玉国维修过下水道。后来唐玉国听说老郭得了尿毒症、糖尿病，就打电话慰问，给老郭捐款，并请还在长春光机所工作的老职工代他探望一下老郭。

几年前，长春光机所一位研究员宋立维去世了。在他去世前，唐玉国利用出差的机会特意去看望他。老宋留下一个还在上学的儿子。唐玉国得知他们家的困难后，主动资助孩子完成学业。

2015年养老保险制度改革时，苏州医工所一大批职工有点抵触，一向“稳如泰山”的唐玉国坐不住了。他与有关部门和各级领导反复沟通协调，经过努力，圆满解决了问题，保障了职工权益，稳定了科技创新队伍，确保了研究所的学科布局保持健康走向。他的工作得到了省、市领导的理解支持和中科院领导的高度肯定。

唐玉国一直十分关心职工的生活。以前，大家对餐厅意见很大，原因很简单：餐厅是承包出去的，承包人自然是以营利为目的的，所以菜品的质量不是很好。唐玉国一开始用给承包人发补贴的办法，但是收效不大。后来，很多人都到外面去吃了。于是，唐玉国主持召开了所务会，经过研究，最终决定餐厅自营，每天的餐标只是食材成本，水、电、气的费用和人员成本都由所里承担。在餐厅的运营管理方面，唐玉国也倾注了很多心血，就连职工家属就餐问题他都考虑到了。为了解决职工后顾之忧，在他的推动下，职工每餐可以刷卡三次，相当于一家三口都可以享受到所里的用餐福利。经核算，研究所每年补贴餐厅的总费用要达几百万元。

身为苏州医工所主管后勤保障工作的所长助理和工会主席，为了让大家吃得好，袁艳明使出了浑身解数。可是以前，巧妇难为无米之炊，没有经费的支持，他也只能尽量维持。餐厅自营之后，经费问题算是解决了，但还要选一个认真负责的人来管理餐厅。

唐玉国大胆起用了从长春光机所调过来，一直从事办公室接待工作，踏实、肯干的女同志龚云彤。龚云彤愉快地接受了这项任务。接着，餐厅重新装修，并且布置得很有文化内涵，变成了一个集吃饭、谈事、感受医工人家庭温暖于一体的创新文化新场所。

就这样，餐厅在保证食材质量的前提下，还通过多种方式进行调研，听取广大职工意见，不断丰富菜品种类，不断改善菜品口味。餐厅改革受到了全所职工的欢迎，用餐人数从之前每天300人次增长到1300多人次。

苏州医工所建立之初，周边各类配套设施较少，职工的业余生活比较单调。但唐玉国认识到，科研人员的工作压力和工作强度本来就大，他们更需要多参加锻炼，这样才能保持好的身心状态并更好地投入工作。在唐玉国的支持下，袁艳明又建设了健身中心，购买了健身设备，里面乒乓球室、羽毛球馆、瑜伽室都有，还翻新了篮球场，新建了足球场。所里经常举办各类体育比赛，不但让大家有了更多的锻炼机会，而且增强了科研人员之间的交流和了解，提升了团队的凝聚力，碰撞出了思想的火花，实现了更好地为科技创新服务的目的。

苏州医工所自2009年起，每年都举办新春联谊会，至今已经举办了10届。唐玉国也经常主动参与其中。他尤其喜欢唱歌，而且歌声浑厚有力，仿佛是从心底吼出来的一样，特别有感染力，给人以力量。他每次出场，都会赢得全所职工的热情欢呼，对调动和活跃气氛有重要作用。大家亲如一家，气氛相当融洽。

唐玉国的第二把火——人才之火，也烧起来了。

第五章　三把火之“成果转化火”

唐玉国打通了成果转化的“最后一公里”，工程化、产业化、市场化，硕果累累，实现了从进口替代到弯道超车的跨越，也实现了一个个从“中国制造”到“中国创造”的“医工梦”，并且闯出了一条科研管理与成果转化相结合发展的康庄大道。

所谓成果转化，就是工程化，就是要做出东西来。就像一个园林建筑公司，接到了一个项目，要造好所有园林建筑，通过验收，才能算是真正意义上的工程结束。在科研方面，苏州医工所有六个研究方向：以熊大曦、史国华、张运海、李辉、高静、崔锦江、杨西斌、董建飞等为代表的医用光学技术方向，以董文飞、周连群、王策、尹焕才、段生宝等为代表的医学检验技术方向，以杨晓冬、付威威、戴亚康等为代表的医学影像技术方向，以陈晓禾、余爽、王心醉等为代表的医用电子技术方向，以崔崤峣、简小华、邵维维为代表的医用声学技术方向，以杨洪波、钟君、刘斌为代表的康复工程技术方向。

而以王弼陡、罗刚银、孙海旋为代表的工程化中心，则是专门负责工程化工作的。原理样机拿出来，经过工程化环节，拿到医疗器械注册证，成为一个可以批量生产的产品。

医用光学技术实验室是苏州医工所实力最强的实验室，是苏州医工所的科研龙头。从国际的角度讲，我国光学研究起步早，从20世纪50年代算起，到现在已经有大半个世纪了，已经接近世界先进国家的水平。而相比之下，在电子学和声学研究方面，我国的水平和国际先进水平相差就比较远了。因此，走光学研究之路，出成果会比较快。光学研究无非是三个方面：一是成像，二是检测，三是治疗。从苏州医工所的战略层面上说，超分辨显微镜注重成像，项目由唐玉国挂帅，张运海和巩岩他们执行。光学检测方面，王策的流式细胞仪研发也在进行之中。光学治疗方面，崔锦江的光学治疗仪器也在研发阶段。因此，苏州医工所的攻坚克难是从光开始的，最大的项目就是超分辨显微镜了。

唐玉国对这个项目的进度要求是以周来计算的。从立项开始，执行期为五年，预留三个月，那就是四年九个月必须完成。项目主要是研制大数值孔径物镜、特种激光光源等关键部件以及激光扫描共聚焦显微镜、双光子显微镜、STED显微镜、双光子-STED复合显微镜等高端显微镜整机系统。

唐玉国作为项目总负责人，必须统筹考虑，对项目任务也做了分工。张运海以激光扫描共聚焦显微镜和STED显微镜为主，巩岩以物镜为主，贾宏博以双光子显微镜为主，李辉以双光子-STED复合显微镜为主。

几个承担子课题的实验室联动起来。唐玉国专门为这个大项目成立了一个联合办公室，他的眼睛盯在每天的成本上。张运海、巩岩、李辉、贾宏博是各子课题的负责人。工程化中心的王弼陡也参与进来，目的很明确，就是在出样机的同时直接走市场之路，将科研产品工程化，推向市场。

大家用不同的途径和方法进行实验，争取有所突破。项目的任务就是研发出能看到小于200纳米的活体细胞亚细胞结构的光学显微镜，让人们能看清细胞器，从而为研究疾病的发生原因、机制等提供科学依据，为最终治愈疾病创造条件。科学研究来不得半点的马虎，也不是凭胆量喊出来的，而是完全靠技术、靠知识的，经过无数次实验，才有可能得出成果。

基于前期在光学仪器研制方面的经验和技术积累，张运海梳理清了研究思路，围绕着激光点扫描成像，先从较基础的激光共聚焦成像着手，从提高成像深度方面发展双光子显微镜，从提高成像分辨率方面发展STED显微镜，再结合高成像深度和高分辨率发展双光子-STED复合显微镜。思路确定了，方向有了，但要顺利开展具体的显微镜研发工作，还需要知己知彼，不能打无准备之仗，因而首先要了解当前国际上最好的光学显微镜技术方案。

于是，苏州医工所购买了一台国外的激光扫描共聚焦显微镜，准备借鉴一下对方的技术方案。可是打开设备外壳后，所有人都傻眼了。里面的所有部件全部用胶封得死死的，一个也打不开，什么有价值的结构和组成都看不见。不能再拆了，再拆设备就容易损坏，无法安装复原了。怎么办？没有办法了。

唐玉国知道，这是国外有意封锁核心技术。他告诉张运海，办法只有一个，那就是靠自己，靠自己攻克难关。

也就在此时，唐玉国那颗火热的心被刺痛了。科学技术成果应该共享才对呀，科学无国界呀，尤其是医工技术，那可是人类战胜疾病的工具啊，怎么能封锁呢？一种强烈的责任感在唐玉国心中升腾起来。他决心为国家的科技进步做点实实在在的事情，全力以赴研发自己的产品，从而打破国外巨头的技术垄断。

从此，唐玉国领着各个子课题团队全身心地投入了科研工作，不分白天与黑夜，只顾埋头苦干。

激光扫描共聚焦显微镜研究是一项多学科交叉的工作，涉及的学科有光学、精密机械学、电子学、软件工程学、材料学、生物医学等。实验室里，一次次单调枯燥的数据分析，一个个失败的实验数据，刺激着张运海的内心，他已经到了崩溃的临界点。但是，他又想到了国外的技术垄断给国内相关科研机构和医疗机构带来的极大不便：一是贵，国外仪器的价格昂贵得让人只能“望仪器而兴叹”，这是多么无奈；二是不能动，国外的仪器购买回来后，外国公司给你放在哪个位置，你是不能动的，一旦动了，那么如果仪器损坏或精度下降了，以后的一切责任和维修都要由你自己承担；三是显微镜无法增加新的功能，无法按照特定的需求对显微镜进行改造，导致我国的原创性研究很难开展。

这真是不平等的买卖。购买者买来了仪器，自己却无权动，只能使用；使用的过程也只能是机械式的，无法根据自己的需要进行改造。这真是让人气不平。张运海内心既愤怒又不甘，他下定了决心，一定要把激光扫描共聚焦显微镜研发出来，否则愧对国家的培养，愧对唐所长的信任……

为了解决激光扫描共聚焦显微镜的技术难题，张运海使出了浑身的解数。巨大的科研压力使他陷入了长期的焦虑，加之饮食不规律，他得了胃溃疡，身体变得很消瘦。但实现高端光学显微镜国产化的执着信念，使他能够长期坚守在实验室里。他要解决的成像技术，都是很精密的，像STED成像中光束的聚焦光斑重合精度要达到10纳米，肉眼是看不到的；即便用高倍成像仪器将聚焦光斑投影到电脑显示屏上，精度也是不够的。他是完全凭着毅力和感觉，通过一步步的艰难摸索，才解决了诸如聚焦光斑三维光强分布、多光斑三维合束等技术难题。超分辨显微镜的研发和工程化过程，正需要工匠的执着和认真精神。

四十多岁的张运海，2006年获得南京航空航天大学工学博士学位，2010年被评为江苏省有突出贡献中青年专家，2012年获得江苏省“六大人才高峰”资助项目，2018年被评为江苏省“333工程”培养对象。张运海是2011年7月加入苏州医工所的，他加入苏州医工所的原因有两个：一是苏州医工所是个国家级科研机构，有较大的平台和空间，可以让他实现自己的人生抱负；二是苏州医工所主要从事医疗设备的研究，可国内医院上档次的医疗设备大都被国外产品垄断，而张运海一直希望我国的医院能够早日用上国产的医疗设备。

张运海来苏州医工所之前从事的是眼科成像光学设备的研发，对光学显微镜的认识还有不足。在项目启动之初，唐玉国只给他配备了三名应届硕士毕业生，而他对研究工作如何开展尚无经验，实验室也只是一个空房间。没技术，无实验设施，缺少有经验的人员，加上他之前没有做过显微光学方面的研究，巨大的压力和对前途的迷茫时时困扰着他。他那时常以“艰难困苦，玉汝于成”来时刻激励自己。

面对困难，“等、靠、要”是解决不了问题的，必须立刻行动起来。为了尽快积累共聚焦成像方面的技术，他迅速设计了一个光学实验室建设方案，列出了一批需要采购的实验仪器和元器件清单，并组织人员进行采购；到2012年4月，建立起了一个能够开展各种光学成像实验的实验室。

为了改变团队科研力量薄弱的状况，在建设实验室的过程中，他着手引进各种人才，充实科研队伍。他引进的人才包括资深的光学仪器专家苗春安老师。苗老师是从长春光机所退休后返聘到课题组工作的，主要负责项目方案的把关和青年科技人员的传、帮、带工作，带出了有丰富机械设计经验的朱磊、有软件架构编写经验的唐志豪等人。

随着人员的逐步就位以及实验室逐步具备成像实验条件，张运海一方面组织人员开展共聚焦成像实验，以期掌握成像过程中的各种关键技术；另一方面组织人员在大量调研的基础上，开始制定激光扫描共聚焦显微镜研制技术方案。到2012年年底的时候，他们掌握了共聚焦成像过程中振镜高速扫描同步控制技术、多通道荧光光谱分光探测技术、波长可扩展的多路激光合束选通技术等关键核心技术，完成了样本分层共聚焦成像实验。到2013年4月，他们组织人员编制的激光扫描共聚焦显微镜研制技术方案顺利通过了专家评审。到2013年年底的时候，他们推出了国内首个四路激光激发三通道光谱分光探测型共聚焦显微镜样机。这些技术储备对他们在超分辨显微镜项目中承担的几套成套显微系统的研制具有至关重要的作用。

在激光扫描共聚焦显微镜研制的基础上，张运海根据医院的临床需求，组织人员快速研制出了皮肤反射式共聚焦显微镜。该显微镜实现了对皮肤组织从角质层到真皮网状层的分层共聚焦成像，是皮肤病实时、在体、无创检查的一种新型影像学检查工具。

依托共聚焦成像的技术积累，课题组计划往显微光学的研究热点方向发展。2013年，张运海按照所里的布局，主动组织人员编写了“超分辨显微光学核心部件及系统研制”项目方案，被单位采纳。该项目获得中科院和财政部立项资助，主要目标是研制大数值孔径物镜、特种激光光源等关键部件以及激光扫描共聚焦显微镜、双光子显微镜、STED显微镜、双光子-STED复合显微镜等高端显微镜整机系统。张运海在项目中主要承担激光扫描共聚焦显微镜、STED显微镜和双光子-STED复合显微镜的研制任务。

巩岩进入了苏州医工所，对唐玉国来说，就像是吃了一颗定心丸。巩岩的手上功夫，唐玉国是清楚的，因为他们过去是同事，也是所里为数不多的有丰富工程经验的“60后”科研人员。超分辨显微镜的核心部件首推显微物镜，而高端显微物镜的国内市场一直以来被徕卡、卡尔·蔡司、奥林巴斯等几家国外大公司垄断，一个胶卷盒大小的进口物镜售价动辄上万美元。由于显微物镜属于极小像差光学系统部件，通常由十多片高精度镜片组成，有的镜片只有米粒大小，加工和装配精度要求极高，对工艺技术和设备都是一种挑战。另外，这种情况存在的原因还有国内从事高端显微物镜设计和研发的人才奇缺。

在国家重大专项“超分辨显微光学核心部件及系统研制”的支持下，唐玉国将具有丰富经验的巩岩招到了苏州医工所，并给予他大力支持。巩岩则不负重托，带领两名“80后”研究生，规划了“小微光学工程制造中心”，为苏州医工所未来在医用光学领域的科研打造了坚实的技术支撑平台；另外他还带出了一个高素质的科研团队。凭借之前的经验，他不断地做精，对光学机械设计、加工、装配、测试全链条进行不断完善，用他的话讲，“我们的实验室是加班最多的”。

这个很沉稳的、已经在中国物镜界有所建树的科研人员，为了这个显微物镜而一次次地摸索着。他心里明白，他要研制的物镜就是飞机的发动机——没有发动机，飞机是没有办法飞起来的，他任重道远呀！

对唐玉国来说，要完成超分辨显微镜项目，就要和时间赛跑。他的时间是以周来计算的，他几乎每天都在关注这个重点项目。

显微物镜的研发是一件费功夫的事。团队在突破了1.4数值孔径显微物镜之后，向1.45数值孔径显微物镜进军的时候，遇到了麻烦。由于显微物镜光学元件的特殊性和加工难度，国内几家高水平厂家加工的镜片一直不能满足设计要求，这严重地耽误了研发进度。一套元件工程图发到加工厂家，从审核到加工，直至最终交付，周期要半年。而且为了保护知识产权，研发团队把整套图纸拆分开，发给几个厂家去加工，并且为了确保质量，还不能吊死在一棵树上。

那时候，离规定完成项目的时间只有一年多了，必须一次成功，没有再来一次的机会。巩岩心里着急，唐玉国更是心急如焚！

唐玉国认识到工程化平台对生物医学工程技术研究的重要性，所以在建设巩岩的实验室时，不惜投入大量资金。从刚开始的临时实验室，到设备一个个进来，总共投入了两千多万元的经费。这个投入对一个新所来说，是一笔不小的开销。

这次巩岩又向唐玉国提出要三百万元经费，唐玉国也有点心疼了：怎么要花这么多钱？但是，唐玉国每次去巩岩的实验室的时候，都看到巩岩在实验室里忙碌着，一件件地研制出东西，他心里也有说不出的感觉。

巩岩本科毕业于浙江大学，而后在中国科学院长春光机所攻读硕士、博士学位，此后一直从事光学工程及技术相关领域的工作。他负责完成了我国第三代激光卫星测距系统实时指向瞄准调节系统的研制。该系统极大地提高了测距系统指向精度，提高了回波率，使长春站测距量和测距精度一跃进入世界前三名。

短波段光学工程技术也是巩岩的主要研究方向。他负责完成了中国空间“天眼”望远镜中太阳极紫外相机的光机设计及地面测试标定设备的研制工作。这套地面测试标定设备为我国探月工程中“嫦娥二号”卫星上的重要载荷之一——极紫外相机的成功研制做出了巨大贡献。

“十二五”期间，巩岩又作为课题负责人承担了国家重大专项“02专项”的科研任务，主持完成了我国首台高数值孔径投影光刻物镜的光机结构设计。他创新性地采用多点“运动学”支撑结构，满足了“热光学”设计指标极其苛刻的技术要求，提出精密“立式光学车削”结合高精度原位测试集成方案，解决了高精度物镜装调测试难题，研制出当时世界上精度最高的光学定心测试仪。

“国内一台显微镜卖几千元，而进口的一个显微物镜镜头就卖两万美元。”巩岩和他的同事们正在一步步地努力缩短这之间的距离。

2015年，巩岩进入苏州医工所，紧跟超分辨显微光学技术前沿，瞄准超分辨显微镜核心部件——高数值孔径显微物镜的制造技术，主持完成了我国系列高端平场超级复消色差显微物镜光机的设计与优化工作，并完成了1.4数值孔径的高端显微物镜样机制造，同时也完成了高端显微物镜工程化制造平台建设，为我国高端显微镜迈入世界先进行列奠定了基础。要知道，在生命科学研究领域，光学显微镜的使用率绝对位列仪器使用的前三名，而物镜又是显微镜中十分重要的部件。

唐玉国走进巩岩的办公室，希望看看巩岩的进度。巩岩的办公室里一尘不染，各种材料井然有序地摆放着。见唐玉国进来，他立刻将电脑屏幕转到唐玉国的面前，打开设计程序。这是他们自己设计的一款高端超级复消色差荧光显微物镜的光路。显微物镜光学系统属于极小像差系统，对设计技巧和制造工艺要求极高。“别看设计图纸这么大，最后成品也就和胶卷盒差不多。”他拿起桌上一个泛着雾面银光的金属小圆筒说。这是一个沉甸甸的、只有4厘米长的金属小圆筒，里面装了十几片光学镜片，有的镜片甚至只有米粒大小。

巩岩和他的团队还要完成光机结构设计、元件制造及系统集成工艺设计等工作，再将所有图纸拿到苏州医工所先进光学工程中心，将之变成手中沉甸甸的显微物镜。这个过程既需要细心也需要耐心，更需要经验和精准的手感。这个活儿十分精细，除了要把米粒大小的镜片做好，还要把十几片镜子放到4厘米长的物镜筒里，集成工艺要求极高。

工匠技艺的传承也尤为重要。巩岩为国家培养了十几名博士和硕士研究生，现在要把这些年轻人带起来。因为工程的东西要经过历练周期，三年才能具备基本素质。他的办公室和他的“80后”团队只有一墙之隔。这个行业需要不断地进行技术积累和工艺积淀，只有积淀才能打磨出最精湛的技艺。就像这小小的物镜，哪怕只是决定用哪块玻璃、什么厚度、何种角度，都需要很多经验积累。

唐玉国看到他这样勤奋，这样专心，同意再投入三百万元经费。唐玉国知道，这是一个系统工程，从设计、加工、装调到检测，都必须十分小心；特别是装调，已经不能用手来完成，而要用很精密的夹具才能完成，让十几片镜片精确地站到一条线上。按照巩岩的意思，实验室还缺一台镀膜设备，那需要六百万元到七百万元。

唐玉国不吱声了，心想等有了钱再说吧。巩岩说：“我也是因为怕花钱，才一样样添加的。”临走时，唐玉国问了一句：“来得及吗？”巩岩说：“没有问题。”唐玉国放心了，他要的就是这句话。

实际上，能够实现超高分辨率（超越衍射极限）光学显微成像的技术路线有很多条，国际上相应的产品也有很多种。苏州医工所这个项目立项初期设置的几个子课题并没有覆盖全部路线，这是一种出于稳妥保守的技术发展策略的优化方案，集中资源在特定方向上进行突破。随着项目的开展和各个阶段性成果的取得，一些产品样机甚至进入了国际市场，唐玉国手中有了“更强的牌”来挑战完成更多的任务。这个探索性的任务主要落到了从国外引进的李辉研究员身上。

李辉回国后，很快就争取到了非线性结构光照明超分辨显微镜的项目，并且是与中科院生物物理研究所的徐涛院士一起研发。同时，唐玉国将双光子-STED复合显微镜的项目也分给了他。这样，李辉从一开始就承担了难度最大、最具挑战性的两个子项目。

凭着对李辉的了解，唐玉国认为把最难的双光子-STED复合显微镜交给李辉应该没有问题。李辉和张运海的不同之处在于，李辉是一路从实验室里走出来的，而张运海是一步步从实干中做出来的。但是，殊途同归，尽管两人经历不同，用的方法也不同，可目的是一样的，而且很明确，就是分辨率达到200纳米以下。

李辉毕业于中国科学技术大学，曾先后在德国康斯坦茨大学物理系、美国爱荷华州立大学物理系和美国诺特丹大学电子工程系做博士后研究。他很感激唐玉国将他作为高端人才引进苏州医工所，他的爱人也从国外回来加入了苏州医工所。他已经是两个孩子的父亲了。从他身上，我们看到了年轻一代科技工作者的阳光和朝气。李辉在国外求学的时候，主要是研究通过单分子荧光观察生物大分子的构象变化。回国后，李辉不满足于生物大分子研究的尺度限制，决定转向细胞层次深化显微成像技术的研究和相关仪器的研发。

与凝聚态材料不同，生命体的组成从分子、细胞、组织到整个活体，不同层次的结构与功能形态各异。单纯的生物大分子代表着一个最小生命功能单元，无法反映绚丽的生命过程。李辉的任务——结构光照明超分辨显微镜的分辨率虽然比不上STED显微镜，但是可以看到活的、动态的细胞过程，因此将会在未来的应用市场中大有席位。

于是，李辉在四年的时间里，带领团队搭建了两套结构光照明显微成像设备，这些设备适用于不同的生物学应用环境和需求。结构光照明超分辨成像具有非特定荧光标记和宽场采图等优点，在时间分辨率和抑制光漂白方面优势显著。而他们拥有的DMD（数字微镜器件）结构光照明器和激光干涉结构光照明超分辨成像系统，则是根据用户在成本、精准度等方面不同的需求“定向”研发的。基于数字微镜阵列的DMD结构光照明器，用李辉的话来说，是一个设计相对简单的“照明模块”。采用投影式结构光，DMD结构光照明器和传统共聚焦显微镜相比，分辨率提高了1.5倍左右，而且视频拍摄的速度也相对较快，大致可以达到每秒20—50帧，可以精准地捕捉到活体细胞内的动态变化。由于“模块”较小，它可以搭载绝大多数倒置荧光显微镜，从普通显微镜升级为超分辨显微成像系统，同时具备三维层切成像的能力。他们研发的产品，中国科学技术大学生命科学学院等单位试用后，取得了很好的成像效果。

如果把DMD结构光照明器的开发看作李辉研发团队的“牛刀小试”，那么分辨率、视频拍摄速度媲美国际领先设备的激光干涉结构光照明超分辨成像系统，应该算是他们成熟的代表作。为了达到更好的结构光调制效果，李辉团队对激光的偏振调控、位图加载、时序同步等进行了一系列优化改进，建立了高保真的超分辨图像重建算法等，最终开发了包括光源合束模块、结构光生成模块、电子学控制系统、超分辨图像重建算法和软件等为一体的激光干涉结构光照明超分辨显微镜。该显微镜成像速度在512×512像素的视场下可以达到每秒10帧，分辨率高，适用于活体细胞内精细结构的动态成像，可广泛应用于分子生物学、细胞生物学、生物物理学等研究领域。

但是李辉研发双光子-STED复合显微镜的过程就没有那么顺利了。虽然在关键技术上取得了一些突破，但是在样机研发方面还是达不到唐玉国的要求。唐玉国思考了很久。术业有专攻，一个人的能力和精力有限。结构光照明超分辨显微镜技术属于用相机进行拍照的宽场成像技术，而双光子-STED复合显微镜技术属于采用振镜的点扫描成像技术。李辉在宽场成像技术上颇有建树，但是在点扫描成像技术上就得从头摸索了。而张运海已经突破激光扫描共聚焦显微镜技术和STED显微镜技术。双光子-STED复合显微镜，是要把东西既看得深又看得清，是要把两个产品的特点加以结合。因此唐玉国从学科规划、技术特点和善用人才等多方面考虑过后，毅然决定将双光子-STED复合显微镜转给张运海去做。这样一来，张运海成了三项整机的研发带头人。

同时，唐玉国认为，李辉的特点在于知识面广，熟悉光学成像技术和生物医学应用方面的前沿交叉研究。因此，唐玉国交给李辉另外一个重要任务，那就是建立先进光学显微成像应用开放实验室。建立开放实验室的目的，是吸引外单位专门从事生物学和基础医学研究的人员来苏州医工所使用自主研发的高端显微镜仪器。这一方面是集中展示苏州医工所的研发实力，另一方面是为了在使用的过程中不断改进升级仪器装备，更好地满足生物医学研究的需求。

2018年9月，苏州医工所举办了第一届光学显微成像培训班，在全国范围内选拔30多位学生共同学习最新的显微成像技术，试用显微成像仪器。这次培训不同于常见的国外仪器厂商的培训会。苏州医工所展示的5套超分辨显微镜皆为自主研发，负责进行这次培训的人员也就是仪器的研发人员。这些设备的集中展示，能够让国内生命科学领域的专家更好地了解国产仪器的优势。这次培训，让苏州医工所赢得了更多生命科学领域研究人士的认可。李辉觉得很开心。他反复说，自己是作为高端人才被引进的，有压力，所以必须干出点成绩，克服“水土不服”，才能对得起苏州医工所，对得起唐所长的知遇之恩。

张运海、巩岩、李辉等医用光学技术研究室课题负责人，你追我赶，沉醉其中。唐玉国一有空就去指导。这几个课题负责人负责的实验室，看上去似乎是静止的。身处其中的科研人员们连大气都不喘，因为他们要的是一个真正的安静的环境。每个器件的精度要求都特别高，任何一个部件从画图纸到加工都马虎不得。做成像实验时不能有一点震动，实验桌用厚钢板压稳了，连人走过带来的震动也不能有。大家不能说话，不能打喷嚏，不能动；还有空调的出风也会影响成像，必要时要关掉空调。

张运海已经泡在实验室里八年了。超分辨显微镜项目是他承担过的最难的项目，但是他乐在其中。

STED显微镜是一种重要和主流的超分辨显微镜，它是在共聚焦成像基础上发展起来的，但它的成像难度和复杂度都要远超共聚焦显微镜。共聚焦显微镜的成像分辨率一般在200纳米左右，而STED显微镜的成像分辨率可以做到小于50纳米；共聚焦显微镜只要进行常规的光学装调就可以实现成像，而STED显微镜成像采用特殊的受激发射抑制机制减小激发光有效点扩散函数，需要对激光经物镜后的聚焦光斑进行特殊的光束整形。

为顺利开展STED显微镜项目，张运海指导研究生研究高数值孔径物镜焦点处点扩散函数建模与测量方法及技术，为实现STED成像奠定理论基础；参与解决了基于损耗效率测量的激发光-损耗光最优时间延迟调整技术、基于偏振态调制的聚焦空心光斑中央残留光强控制技术和10纳米级精度双光束聚焦光斑三维重合装调与检测技术等多项关键核心技术难题；参与和组织人员开展了STED显微镜样机光学、机械、电子控制系统和软件架构方案设计，和工程化中心的科研人员一起进行样机集成装调和测试，在2016年年底推出了分辨率达到50纳米的STED显微镜样机。

由于经常加班加点，饮食不规律，加上工作压力较大，2016年，张运海患上了较严重的胃病，经常胃胀胃痛，并曾因为患十二指肠溃疡而住院接受治疗。双光子-STED复合显微镜是在STED显微镜的基础上集成了双光子成像功能，其系统复杂度和难度要高于STED显微镜。张运海带领课题组成员加班加点，忍受着胃病的折磨，解决了双光子成像和STED成像共光路集成技术、飞秒和皮秒激光束快速高精度合束技术、激光光源接口多自由度快速耦合技术等多项技术难题。

用了不到五年时间，苏州医工所的超分辨显微镜项目提前并且超额完成，简直就像一场梦。从生产出如此高精度的零件，到显微镜成品出来，他们完全是用自己灵魂深处的工匠精神在坚持。从实验室里走出来，大家感觉像是重新活了过来，可以大口地呼吸新鲜空气，浑身轻松，可以喝一口水。他们的精神劳动的强度，是无法形容的。他们像超人一样，为了超分辨显微镜项目，在实验室里度过了近60个月，一步步走向了成功。

张运海完成了四项整机中的三项，除了贾宏博负责的双光子显微镜之外，他啃掉了激光扫描共聚焦显微镜、STED显微镜、双光子-STED复合显微镜这三块“硬骨头”。

巩岩研发的“发动机”装配到了张运海、李辉的发明成果上。难关一个个被攻破。苏州医工所生产的超分辨显微镜突破了50纳米的难关，可以把人的细胞放大到一个电视机的屏幕那么大，让人体的细胞活动和结构全部显示在人们面前。苏州医工所的超分辨显微镜技术迎来了一个突破，这个突破是国际性的。产品开始进入市场运作阶段。超高分辨率的物镜和苏州医工所自主研发的电子学软件相结合，检测速度比国外先进的同类产品还要快1—2倍。与此同时，显微镜样品载物台的二次开发也使得高端显微镜整机性能更稳定，甚至能拿到国际显微光学市场上与卡尔·蔡司、徕卡、奥林巴斯等公司的产品一较高下。

唐玉国终于开心了，他们的科技创新可以对标国际最高水平。“取法乎上，仅得乎中”，作为中科院的研究机构，苏州医工所不仅要“取法乎上”，更要超越，拿出能够代表中国的成果。

经过将近五年艰苦卓绝的科研、不分昼夜的努力，他们取得的成果卓越得让自己都不敢相信。当报出这些数据和成就的时候，他们自己都吓了一跳：他们能够生产“超分辨显微光学核心部件及系统研制”项目的四套高端显微镜整机，而与国外同类产品相比，他们的产品价格只有二分之一或三分之二；他们掌握了非常关键的技术，科研人员先后发表了61篇高质量的论文；技术成果和论文有力地支持了国内试用样机的科研单位取得国际顶级神经科学专业研究成果；有12台整机销售到了德国、日本、以色列、美国等国，实现了从进口到出口的突破，打破了国外垄断。

唐玉国望着这一台台机器，望着与他并肩奋战了近60个月的伙伴们，眼角湿润了。这个东北汉子擦去眼角的泪，说道：“今天我请你们喝酒。”这顿酒来得很不容易。大家清楚地记得，五年前，大家写好了项目方案去北京中科院申报，是唐玉国带张运海和另外五个人一起去的。整个项目汇报了一个上午，而且领导也十分认可。张运海觉得唐所要好好犒劳大家了，于是就和唐玉国打趣：“唐所今天要请吃大餐了。”唐玉国笑着说：“我请大家吃风味小吃。”

北京的风味小吃自然是很多的，爆肚、炒肝、褡裢火烧……但是，唐玉国把大家带到了一个小摊上，给每人点了一笼小笼包，还有小米粥。当时张运海很诧异。

大家都在暗暗笑。唐玉国也笑了，说：“小米粥，小米粥，吃得浑身真舒服，真舒服。”唐玉国虽然已经是个局级领导了，但是没有忘记王大珩先生的教诲。

大家还记得，当初，立项成功了，大家都希望唐玉国请吃饭的时候，唐玉国还是没有正面答应，似乎认为为时过早，打个马虎眼混过去了。而今天，他自掏腰包，把这些年轻人都拉出去吃夜宵。为了能够调动气氛，唐玉国挑选的是自己以前常去的一家烧烤店。这样做主要是因为那种高档饭店过于让人感到严肃，而烧烤店一下就能让人轻松活泼起来，领导与下属之间的关系一下就成了老大哥与小兄弟之间的关系了。他们聊过去的事情，说些刚上班时的笑话，讲些幽默段子，气氛是那样融洽。他们讲了科研过程中一个个攻克难题的故事。他们高兴地说，什么问题都不是问题，我们中国人的脑子不比外国人的差；困难是有的，但是我们不怕，我们是早上八九点钟的太阳。他们还说，因为经常加班，没时间照顾家里，被老婆骂了；他们还说，因为加班，孩子没人带，爸妈从老家来到苏州了；他们还说……他们大口地喝酒，品味着人生的甜酸苦辣，回忆自己走过的艰难历程，鼻子酸酸的。他们把中国的超分辨显微镜推上了世界舞台。虽然那个烧烤店的环境不是很好，但是听他们讲讲以前发生的事，让人感觉很贴心、温暖。劳逸结合，团结起身边的科研人员，唐玉国就是这样，总是在不经意间与所里的职工一起，真诚交流。而“超分辨显微光学核心部件及系统研制”项目也注定会被载入中国光学史，让后人铭记。

唐玉国距离把苏州医工所打造成中国高端显微镜基地的想法，又接近了一大步。他又坐上飞机出发了。这一次，他要向世界推广这个产品。于是，在他的努力下，苏州医工所的超分辨显微镜被德国、美国、以色列等国家订购。

那次，唐玉国从美国回来后，就在苏州医工所搭建了先进显微光学平台，布置了许多房间。每个房间里基本上都设置了一种比较高端的显微镜，成了一个个气派十足的实验室。他这样做，一下子就把一个新项目布置得很大。许多人认为这是浪费，甚至质疑。大家认为没有必要花费这样的资源、金钱和精力，刚开始都不太理解。

几个月过去了，大家就发现唐玉国是很有远见的，因为现在无论是国外还是国内，每个领域的竞争都十分激烈，如果布局太小的话，在这个领域是很难成长的，还会被别人看不起。苏州医工所现在布局很大，人员投入很多，资金投入也很大，这一切为赢得市场抢占了先机。苏州医工所在这一方面发展得很迅速，现在基本上每个房间的高端显微镜都设置起来了。这已经成了苏州医工所的一个科研亮点，别人一进去就可以知道苏州医工所在高端显微镜方面的实力。

同时，唐玉国也想通过开放使用，让用户来体验一下，说说苏州医工所自主研发、生产的超分辨显微镜在实际使用中还需要进行哪些改进。

“超分辨显微光学核心部件及系统研制”项目是一个多学科交叉碰撞的项目。关于生物医疗仪器的研制，唐玉国的思路源于多年实践的感悟：“我们一个研究所做不出最符合需求的医疗仪器，需要与具备专业特长的研究机构通力合作。而苏州医工所的核心竞争力在于创新机制以及整合技术与资源的能力，能够打通医疗仪器创新所需要的技术供应链。”

在超分辨显微镜项目取得一个个突破之际，医学检验技术研究室也传来捷报：王策团队的流式细胞仪试验成功了。王策这个“80后”成长起来了。流式细胞仪最终取得了医疗器械注册证，跨越了最难的一道坎。

超分辨显微镜解决了医学成像问题，而流式细胞仪的试验成功则意味着苏州医工所在医学检验技术上成功跨出了一步。

长期以来，去医院看病检查难、排队长、收费高等问题难以解决，归根结底，是国内高端医疗器械市场被外国垄断了。苏州医工所研发的流式细胞仪最终实现了产品转化并取得了医疗器械注册证，意味着中国的百姓可以在就医时，拥有更丰富、更便宜的医疗资源。

流式细胞仪由机械结构、光学系统、流体系统、电子学系统、软件系统组成，是一种综合了激光技术、计算机技术、微弱信号处理技术、生物探针技术等众多领域先进技术和成果的高科技产品，医学上主要用于人体淋巴细胞亚群的鉴定和计数。仪器可对细胞的大小、内部结构、DNA（脱氧核糖核酸）、RNA（核糖核酸）、蛋白质、抗原等进行快速测量分类，每秒可进行10000个细胞的多参数、高通量测量，被业内公认为细胞生物学实验室的“CT（计算机层析成像仪）”。

这项成果来之不易。为了这项成果，王策经历了许多。王策是2010年开始进入这个项目组开展工作的。流式细胞仪项目的申报成功与唐玉国等领导的全力支持是分不开的。随之而来的，是项目艰难的攻关过程。申报项目时，实验室仅有前人留下的一台流式细胞仪样机。那台样机是用既有零部件拼装而成的，没有图纸，也没有取得可靠、稳定的测试数据。科技部征集申报项目，清华大学等著名院校也积极响应、策划申报。武晓东研究员让大家干脆带着样机去进行申报，结果居然申报成功了。然后，王策所在的团队开始不分白天黑夜地忙活起来，并且把做好的样机送到苏大附二院等医院去开展实测验证。测试结果表明，样机的数据和国外产品数据的一致性在98%以上。

这其中还有个小插曲。几年前，科技部来进行检查，由于前期进展不理想，项目有被暂停的风险。项目经费总共就七百多万元，还有近两百万元没有拿到。本就是技术问题重重的时候，经费接不上怎么行？大家很担心。那次来的人，有的是科技部主管处室领导，有的是技术专家，还有行业领跑者。评审专家对报告材料的数据有所怀疑，希望到现场实测验证。一行人来到医院实验室，项目团队展示了细胞样本提取、染色制备、细胞测试、数据报告的全过程。看到自制仪器和商用仪器的数据基本一致，细微的偏差仅仅是因为样品的统计特性时，专家们信服了。流式细胞仪项目剩余的经费陆续到账，解了燃眉之急。2015年完成了原理样机研发之后，苏州医工所的工程化团队和中生（苏州）医疗科技有限公司根据功能性、可靠性、测试性、维修性、安全性、保障性、环境适应性等要求，先后进行了产品样机测试、关键零部件产能验证、试生产能力验证等。经过江苏省医疗器械检验所检验、多家具备GCP（药物临床试验质量管理规范）资质的临床试验机构试验，苏州医工所和中生（苏州）医疗科技有限公司最终研发出了全自动ZS-AE7S流式细胞仪。

这款产品共综合了10多项发明专利，且价格仅为国外同类产品的一半。ZS-AE7S流式细胞仪属于“十二五”国家高技术研究发展计划重大项目，是我国第一款面向个性化普及应用的轻便型产品，它的荧光分辨率、灵敏度均达到国际先进水平。基于国内各种级别的医疗机构临床需求的差异性，这款自动化流式细胞仪可以更好地满足患者差异化的临床需求。目前，该仪器已经进入生产销售阶段。

有条不紊，知难而上。单细胞分析技术团队正在开展三个方向的技术拓展。第一是激光10色流式细胞仪的研发，目前工程样机已经完成。原来的实验室样机只有1支激光，可以测4色荧光；而现在布局3支激光，最多可以测15色荧光。这意味着可以用新款仪器对目标细胞进行多参数分析，比如针对白血病检测，可以实现精细分型，为医生精准诊疗提供更多的数据支持。第二是将分析对象从细胞转向微米级的微球，推出液相芯片分析仪工程样机。第三是攻关稀有细胞分析仪，该仪器可用于肿瘤早期诊断方法研究等方面。

王策所在的团队已经用了将近十年时间攻关单细胞分析领域的技术难题，他自己也把大部分心思放在了发明创造上，个人问题长期难以解决。他2009年购买了房子，但始终没有装修，就一直住在宿舍里。房子在一楼，小院子里长满了草，甚至被邻居种上了菜。为了研发流式细胞仪，他放弃了许多，但是，他乐在其中。同事们也一直关心他的个人问题。好在仪器拿到注册证之后，他的个人问题也解决了，同事们打趣他是爱情事业双丰收。

与此同时，崔锦江的发明成果也变成了产品，进入了市场。她是2009年第一批进苏州医工所的人员之一。身为一名女性，她进入以男性为主的激光研究领域，不仅没有被所从事的行业的艰苦吓倒，反而以苦为乐、以苦为荣，脚踏实地地开展了一系列科研工作，发明了一系列光理疗产品。

她的发明灵感源于医工结合理念。苏州医工所和吉大一院进行医工结合之后，她的思路从科研转到医院的实际需要上去了。怎么样才能减轻病人的痛苦是她一直思考的问题。她自己也经历过一段人生的痛苦，但是，她强大起来了，她给人以快乐。她思维活跃，在工作中从不抱怨自己的待遇和条件，不计较个人的名利得失，在处理团队与个人、个人与个人之间矛盾的过程中，营造了一个宽松、友善、团结、协助的良好的团队工作氛围。她经常进行换位思考，设身处地为他人着想，主动热情帮助别人，所以一直能取得合作者或周围同事的信任，进而获得大家对她工作的积极支持与配合。大家群策群力，顺利完成了课题研究。她带领科研团队奋勇拼搏、攻克难关，取得了一系列科技创新成果，至今已发表SCI（美国《科学引文索引》）文章22篇，获得授权专利26项，其中授权发明专利7项。她主持了科技部、中科院及省、市级基础研究和产业化多个重大项目，总合同额超过2000万元。

崔锦江的特点是出成果快，她能够独立完成从科研到成果转化，再到产品的一系列工作，打破了苏州医工所从科研到成果转化，再到市场化，必须在所内工程化平台上完成这一框架，直接将科研和企业对接，同样完成了产品的市场化。

她积极践行、落实苏州医工所以市场为牵引的科技创新和成果转化机制创新双轮驱动的发展模式，带领科研团队研制出多种具有自主知识产权的、国际领先的新型医用光源和光学治疗设备，多项成果已在企业进行转化，实现成果转化创收1000余万元，为江苏省医疗器械企业的科技转型升级做出了贡献。她带领研发的多个产品已经取得了医疗器械注册证，并已在十余个省份的多家三甲医院的皮肤科、康复科、疼痛科、肿瘤科得到应用。由于在医疗仪器研发和产业化方面做出的突出成绩，崔锦江于2013年被评为苏州高新区创新创业领军人才，2014年入选中国科学院青年创新促进会，2016年破格晋升为正高级研究员，2017年荣获苏州高新区科技城“巾帼建功优秀个人”称号以及苏州市创新青年称号。

作为研究所妇委会主任，崔锦江紧紧围绕“妇委会是联系妇女的桥梁和纽带”这一工作职能，每年邀请临床医学专家到苏州医工所进行女性健康保健以及优生优育方面的知识讲座；每年组织全所女职工开展观影、亲子等活动来庆祝三八妇女节；带领苏州医工所女性科研工作者参加地方妇工委组织的高层次女性人才联谊等活动；还代表女职工在职工代表大会上提出解决相关服务、福利和权益等提议。可以说，她用实际行动在保障妇女身心健康、维护妇女合法权益等方面做了大量的工作。

同时，作为九三学社社员，崔锦江积极参政议政，通过九三学社提出了许多关于医疗仪器国产化工作的提案。2017年，在所党委的推荐下，她当选为苏州市政协委员，入选苏州九三学社科技专家委员会委员。她还荣获“江苏省三八红旗手”称号，这是江苏省妇女联合会对苏州医工所妇女工作者的嘉奖，对求实创新科研工作者的肯定和鼓励，更是苏州医工所的荣誉和骄傲。

唐玉国带领的光的团队，从成像到检测，再到治疗，成果可谓全面开花。这一切成绩，离不开唐玉国在科研上的指导，在生活上的照顾。可以说，每一点成绩都是唐玉国的心血铸就的。苏州医工所在机制创新上践行了以市场为牵引的科技创新和成果转化机制创新双轮驱动的发展模式，提出了以苏州医工所为依托、以工程技术为纽带、以资本为辅助，将成果转化多要素紧密结合起来的成果转化机制。

此外，唐玉国还提出让埋头于实验室的科研人员走进医院和企业，进行实地调研和考察。让医生参与到医疗器械的成果转化过程中去，从成果转化前端保证了最终产品的适用性；在医疗器械的成果转化过程中加强与企业的合作，为成果转化后端产业化工作提供保证。与此同时，为保证进入转化的项目技术在全球范围内的先进性，参与遴选的项目要来自苏州医工所、中国科学院其他研究所、国内高校及企业、海外科研机构等全球化渠道。

关于“打通医疗仪器创新所需要的技术供应链”，唐玉国讲了一个小故事。

在一次和生物学、医学领域科学家的聚会中，大家聊起循环肿瘤细胞（CTC）检测技术。这种技术需要将7.5毫升血液做成涂片，在显微镜下成像，来寻找癌细胞的踪迹。整个过程大概需要七个小时。

“我不明白这其中的原理，但我们从事光学研究的人天天都使用一种叫宽视场成像的技术，7.5毫升血液样品在宽视场成像技术下成像大概只需几分钟。”唐玉国透露，医学检验技术研究室正在攻关一款基于此技术的新型医疗仪器。

这样的交叉碰撞，每天都会在苏州医工所发生：实验室建制将光学、机械学、生物学、电子学、软件学人才捆绑在一起，科研人员闲暇时找医生朋友喝茶、聊天，把公司的业务员请进课题组……这些交叉碰撞产生的火花，经过一段时间的积累，就会成为苏州医工所科技创新的持续后劲和“原动力”。

2016年，苏州医工所将研制的流式细胞仪以1500万元人民币的价格转让给中生北控生物科技股份有限公司。2018年，该仪器取得医疗器械注册证。张运海的皮肤反射式共聚焦显微镜项目技术成果已转让给吉林亚泰中科医疗器械工程技术研究院股份有限公司，转让经费1500万元。李辉的结构光照明超分辨显微镜也申请了医疗器械注册证，即将进入市场。崔锦江的光理疗系列产品已经直接进入市场。

就是这样一群人，在唐玉国的带领下，取得了不俗的成绩。“如今创新驱动发展已经上升到了国家战略层面。创新历来是中科院的传统。但我们深知科技原创需要慢慢积累，因此提出现阶段开展原理样机的二次开发，就是工程化。”唐玉国说。

成果转化，一直是唐玉国的战略性实践课题。科研机构一般偏重研究，不太关心成果转化。各大院校同样也存在着难以把科研成果转化成产品、进入市场的问题。唐玉国早年有过在企业工作的经历，所以愿意在转化上下功夫。曾经，他所在的企业，就是由于产品没有经过严格的工程化测试，售出后在使用中出现后遗症，对企业影响极大。唐玉国笑称那次的经历是“用钱买的教训”。正因为那个教训，唐玉国才提出要建立以工程技术为核心的成果转化模式，让新科技成果变成产品，造福于民，让人民享受到科技带来的福音，享受到改革开放的科技成果。他大胆提出了以市场为牵引的科技创新和成果转化机制创新双轮驱动的新发展模式。当时有人不理解，总认为科研机构就是应该以科研为主。唐玉国说服他们的理由只有一个，那就是再好的科研成果，总要能够为人类服务，总要能够拿来使用，才有科研的价值。

按照这个思路，唐玉国专门在苏州医工所成立了成果转化处（2018年后改名为产业发展处），专门负责科技创新成果的转化工作；创建了以研究所为依托、工程技术为核心、知识产权为纽带、资本为辅助，多要素紧密结合的新型成果转化模式；发起成立了科技成果工程化主体平台——苏州国科医疗科技发展有限公司，还和深圳以及苏高新创投集团合作引进创业资金3亿元，有效实现了成果转化所需的多种要素的有机融合；牵头组建了中国科学院先进医疗器械产业孵化联盟，建立了以高端工程技术服务为特色的中国科学院先进医疗器械产业孵化器。

根据唐玉国的成果转化新思路，苏州医工所在工程化平台内设立机械工程部、电子工程部、软件工程部等，引进哈工大、上海交大等一流大学的机械学、电子学、光学等专业人才，让他们通过一系列实验平台，将科研成果设计成安全可靠、耐冲击震动、能运输的实用性产品。这样的话，当苏州医工所研发出或者引进了一项科技成果，只需要在这个成果转化平台转化成功，变成可供生产的产品，即可实现无形资产翻几番的收益，显著降低了企业的经营风险。

国家级研究机构一般偏重基础性的研究，即所谓的“科技创新”。但正因为有了一段在企业工作的经历，唐玉国深知科技创新距离真正能够造福于民的产品还有很大的距离。研发是实现功能的，而工程化是把技术变成产品。“好比研发一个瓶子，只要瓶子能装水，它的功能就达到了，科研人员就能根据这个瓶子发论文完成科技创新。但是可能研发的瓶盖世界上只能找到这一个，于是这个瓶子一到企业手里就毫无用处，无法实现批量化生产。”唐玉国以一个形象的比喻描述了研发和科技成果转化的关系。从实验系统到原理样机、产品样机，再到真正成型的产品，需要花费的时间太长。

在唐玉国的带领下，苏州医工所的科技成果工程化主体平台上已有10多个重大项目正在运行，孵化了30余家高新技术企业。他们还与美国约翰·霍普金斯大学、斯坦福大学等广泛开展国际合作，共建联合研发中心；与华山医院、中山医院、吉大一院、苏大附一院、苏大附二院等多所医院开展全面合作。这种种举措，有机融合了政府、企业、医院、项目、资本、工程技术六大要素，将工程化设计、生产工艺、临床试验等医疗仪器产业化环节一一打通，搭建起了从原理样机、产品样机到成熟产品的快速通道。

研究所积极践行了以市场为牵引的科技创新和成果转化机制创新双轮驱动的发展模式，努力构建“人才+科技+成果+资本+市场”五位一体的集团式新型研究机构，建成了医疗仪器工程化平台，有机结合了成果转化所需的多种因素。

苏州医工所注重项目的遴选工作，根据项目的各方投入情况确定各方的权益，注册产权明晰的项目公司后，项目进驻工程化平台进行产品工程化，直至获得原国家食品药品监督管理总局（CFDA）的医疗器械注册证。最后，通过融资、资本运作等方式吸引风险投资公司、配资公司或产业资本等，将项目公司推向产业化阶段。

唐玉国带领着团队，走出了一条属于自己的路，构建了自己的成果转化模式。科研人员可以带着团队一边搞科研，研究科技创新，一边搞市场销售。他用这种方法把科技人员推到了最前沿的科技市场，让他们及时了解市场需求，及时改进科研及转化过程中的不足，使科技产品更贴近实际的需要，将成果转化过程中政府、医院、企业、资本、知识产权等因素紧密结合起来。

唐玉国经常告诉大家：第一，苏州医工所是一个工程院所，转化是一项重要的工作，不考核论文与专利能力。我们保证你的基本工资，但是其他的需要你自己去赚。这就给职工减压了。第二，你的成果如果能够转化，就可以获得奖励。这种管理机制，和国家提出的“创新驱动发展”“鼓励科研成果转化”不谋而合。第三，对年轻人来说，只要完成指标，就可以得到全面的提拔与重用。只要你是人才，有本事，所里就绝不会给你设卡。即使你没论文，但只要能把科学化的东西全做出来，就是对社会做出了贡献。但是还有一项硬性指标，就是要到医疗第一线去，与医生合作，了解医疗需求，了解医生有什么想法。这些都是指导医疗器械科研的方向性信息，更是为了解决病人的痛苦。新入职的职工必须在医院里待上几个月或者半年时间。

2018年9月5日，一个收获的日子。这一天，第二十届中国国际光电博览会（简称中国光博会，CIOE）在深圳会展中心盛大开幕。这是全球最具规模及影响力的光电产业综合性展会，覆盖光通信、激光、红外、精密光学、LED（发光二极管）及半导体等光电全产业链板块。这一次的展会更恰逢光博会20周年庆，业内大咖云集，参展公司与机构数量、参观观众数量都与以往有所不同。

就在这次展会上，苏州医工所携十余项创新科研成果产品，包括高端生物医学超/高分辨显微成像的代表性系列产品如激光扫描共聚焦显微镜、结构光照明超分辨显微镜、流式细胞仪、高端显微物镜等，以及面向民用市场推出的光谱理疗仪、健康照明灯具等，惊艳亮相光电创新及军民融合馆核心区。通过精心布展、专业讲解和现场演示，苏州医工所的这些产品让观众耳目一新，赢得了多方瞩目。

各大媒体纷纷关注苏州医工所，争相进行报道，并给予了高度评价。时任苏州医工所党委书记邓强接受了中央电视台的采访，简要介绍了苏州医工所的科研及产业布局规划和医用光电产品的发展。

长春光机所、西安光机所、光电研究院、浙江大学、广东工业大学等院所的人员也都相继来到苏州医工所的展位前，交流产品信息及市场需求信息。中科创星、苏商产业联合投资基金等资本方也表现出了极大的兴趣，与苏州医工所进行了友好的合作探讨。

鉴于多年来在业内的良好影响，组委会向苏州医工所颁发了CIOE“合作共赢奖”。苏州医工所一下子成了行业内一颗冉冉升起的明星，无论是产品还是团队精神，无论是科研还是成果转化，都走在了医疗器械行业前列。人们惊叹，年轻的苏州医工所成长得这么快！

苏州医工所在第二十届光博会上的成功，证明唐玉国的成果转化实践得到了社会各界广泛的认同。但是，仅仅停留在理论阶段是不够的，有产品才是硬道理。苏州医工所从艰难中走过来，唐玉国的创新模式在不同的时间阶段有不同的创新要求。

唐玉国鼓励科研人员从实验室走向市场，但是，他觉得还是要充分把握和定位好、扮演好自己的角色，而不是盲从；因为一旦进入商品市场，就要涉及方方面面，比如资金、团队运作、市场变化等。以他自己从前在企业的经历来看，如果资金链断裂，企业就难以维持。这几年科研工作者也碰到了这样的困惑，年轻的科研工作者周连群就是个例子。

周连群这几年发明了一款家用甲醛测量仪，不到半年就已经批量生产。这款甲醛测量仪只有手掌大小，准确度可以和一万多元的进口同类产品相媲美，价格却不到进口同类产品的二十分之一。从实验室到市场，想法应该是很好的，连中央电视台《新闻联播》栏目也进行了报道。于是，周连群计划将这款甲醛测量仪推向市场，结果却并不理想。原因只有一个，就是什么人就应该做什么事情。唐玉国认为周连群应该找一家单位合作，自己继续去开发相关的产品，比如去做汽车尾气检测仪等，这样一来，周连群自己的科研没有耽误，产品还能走向市场获得收益。可是周连群错过了黄金时期，还被“呛”了一口“水”。不过，人生经历点挫折没有什么了不起。现在，周连群又回到了适合他的舞台，继续他的科研之路。

从样机到市场化产品，是需要时间的，要想收获，必须有一个过程。长春光机所最早跟进来的两个公司，一个长光华芯，一个长光华医，已经有近十年了，产值也过亿，但是算算细账，还是没有盈利。本来苏州医工所也参了股的，但唐玉国为了减轻他们的负担，组织苏州医工所领导班子讨论，同意撤股。此举让这两个公司的老总相当感动。

唐玉国心里还装着一个梦，那就是让依托苏州医工所的苏州国科医疗科技发展有限公司发展成为一个集团公司。也就是说，他要开一个工厂，一个属于自己的工厂，因为在他看来，条件已经成熟了。目前，由董文飞负责的苏州国科已经在全国发展了四十多个参股公司，其中有十几个控股公司是苏州国科全资单位。这些公司全部复制了苏州医工所的思路，创新科研和成果转化模式，构建市场推广系统，有效地推动了地方医疗科研项目的发展，服务于全国多地的高科技医疗企业。这些公司通过模式创新，不仅满足了地方政府对地区生产总值的要求，而且满足了地方政府的创新需求，所以得到了地方政府的大力支持。江苏、山东、天津等地的实践，都证实这个模式很有成效。这些成果都为唐玉国建立一个苏州国科医工集团的想法起到了强有力的支撑作用。科研成果以及产品可以通过分公司进行推广，他的想法应该是时候能实现了。

苏州国科医工集团将和苏州医工所形成既独立又合作的关系，这也是国家的要求。苏州医工所的科研成果和高科技医疗器械产品，依托集团公司走向市场，走向世界各地，其收益反哺苏州医工所，从而保证苏州医工所长久的良性循环发展。

所长助理史国权曾先后担任长春理工大学副校长和吉林司法警官职业学院党委书记。2016年，他辞去了大学的领导职务，来到苏州医工所负责战略规划，正是被唐玉国提出的以市场为牵引的科技创新和成果转化机制创新双轮驱动的发展模式召唤而来的。

在战略规划层面上，唐玉国还是想要让苏州医工所更上一层楼，而史国权这样具有丰富经验的人才对苏州医工所的帮助特别大。建立医学大科学装置，这是唐玉国通过国际合作产生的想法，也是史国权给他的建议。

医工结合，所企合作，成果转化，产品工程化、市场化……一路学习，很多想法和做法都是唐玉国从国外的先进模式中借鉴和消化过来的，这让苏州医工所少走了很多弯路，取得了丰硕的成果。苏州医工所的医疗器械也将一步步走向进口替代，甚至实现弯道超车。在这种形势下，唐玉国开始寻找他医学大科学装置的出路。

2017年，唐玉国得知北京大学在搞医学方面的大科学装置，就马上去谈合作，后来明白北京大学的研究方向是成像技术，他觉得合作意义不大。他要搞的是大健康方向，包括医药健康食品、医疗器械、康复、养老等一系列方面的生命医学大科学装置，这需要科研机构、学校、医院、工厂等共同支撑。

于是，唐玉国向苏州市政府提议，在经济发达的苏州建设大科学装置，和美国哈佛大学、约翰·霍普金斯大学，英国牛津大学，德国慕尼黑工业大学等医学大科学装置比较先进的院校合作，由中科院牵头，将中国的医学大科学装置建立起来。带着这个想法，他写好了方案，去寻找落地方向。“路漫漫其修远兮”，他又在不断地求索。而他的第三把火——成果转化之火，也在熊熊燃烧。

第六章　忠诚于党，坚守初心

“忠诚、务实、合作、创新”，把对党和人民的忠诚放在第一位的科学家唐玉国，不忘初心、牢记使命，勇于担当，带领苏州医工所的全体医工人，不断攻克一个又一个难关，努力服务国家，造福人民。

唐玉国的项目、人才、成果转化三把火，每把都烧得旺旺的。苏州医工所起步了，名气一天天地大起来了，像一列火车，在唐玉国的带领下，开动起来了。唐玉国的故事和经历，引起了苏州市委宣传部的高度重视。苏州市委宣传部准备把唐玉国评为“时代先锋”，组织曾一果、张静琦、刘炜烨、刘翔云等工作人员整理出一些先进材料。他们来到苏州医工所，采访唐玉国和他的爱人、同事们。

王丽荣说：“他有心脏病，我劝他休息是没有用的，我只能尽最大努力减轻他的负担，让他更有精力地工作。在唐玉国的日常中，只有学习和工作。上班、出差、回家，他的生活线路图就是这样的。他每天脑子里想的全是工作，坚持每天清晨四五点钟起床处理邮件，并安排好一天的工作，因为这样效率非常高，两三个小时就能看完大部分内容。但他的工作任务实在太多了，时间总是不够用，恨不得一分钟都当成两分钟用。他连做梦都在工作，说梦话都是什么‘光’、什么‘数据’的。他平时几乎没有专门的时间睡觉，就利用工作之余的碎片时间休息一会儿，打一会儿盹就算睡过了，有时闭上眼就累得睡着了。”

王丽荣心疼地说：“那时，他当上苏州医工所所长才两年，头发大部分就白了。我心疼他。但他常常私下里跟我说，工作要先感动自己，再感动别人，要为国家的科技进步做点事情。苏州夏天比东北热，一到夏天，他就整天拿着块毛巾，总是汗流不止。”

王丽荣劝他保重身体，唐玉国嘴上答应，身子一转，还是工作去了。劝了也没用，后来王丽荣就不怎么劝唐玉国了，只是默默地为他做好一切，减轻他的负担，尽最大努力不让他为家里操心。说实话，王丽荣在长春的事业发展得也不错，是政协委员，在业内也算是小有名气。唐玉国初来苏州发展，他们两地分居好几年。王丽荣知道，唐玉国心里只有工作，不会自己照顾自己。为了唐玉国，王丽荣毅然放弃了原先的一切，来到苏州重新开始。她担心他的身体。为此，她哽咽了：“其实他犯不着那样的，不知道他是为了什么？”

综合管理处的赵鹏是第一批以应届毕业生身份进入苏州医工所的职工之一。他说，唐玉国在被任命为所长后的第一次全所工作会上，将“雄关漫道真如铁，而今迈步从头越”作为报告题目，提出了“忠诚、务实、合作、创新”的发展理念，并重点解读了处在第一位的“忠诚”的内涵，“忠诚就是忠于党，忠于国家，忠于人民，忠于同事和自己，这是我们所有工作和努力的基本准则”。

作为党员，唐玉国始终把对党的忠诚放在第一位。他将中国科学院原院长路甬祥给苏州医工所的题词——“创新生物医学工程，服务人民健康幸福”，作为研究所的初心和使命，放在研究所网站首页和展厅门口。2018年，他还专门在中心组（扩大）会议上，做了题为《不忘创新生物医学工程初心，牢记服务人民健康幸福使命》的党课报告，要求大家将个人奋斗成长、研究所建设发展与国家及民族的前途命运结合起来。

唐玉国时常说，自己首先是党员，而后才是所长；所长的工作再忙，党的宗旨不能忘，党的初心不能忘。在搞好党建和从严治党方面，他也是有着一套自己的科学理念的。在他的推动下，苏州医工所确定每个月的最后一个星期五的下午为党员活动日，雷打不动，促进了研究所党组织生活时间的制度化、规范化。

唐玉国在党建会议上总是讲："解放战争时期，我们党面临的形势那么差，共产党人有着随时牺牲生命的可能；现在我们在工作上遇到的困难虽然也多，但是起码不会有流血献身的危险，跟解放战争时期比，讲奉献、有作为的要求其实还是比较低且容易实现的。我们得加强爱国主义教育，让大家了解党的发展史，坚定拥护党的领导，牢记党的宗旨，努力向老一辈的无产阶级革命家学习。"在唐玉国的支持下，苏州医工所党委分批次组织全体党员去了革命圣地井冈山，沿着老一辈无产阶级革命家的足迹走了一遍，使全体党员认识到了革命之路的不易、科学之路的不易，坚定了信心，在中国共产党的领导下，再苦再难都不怕。

在"不忘初心，走上井冈山"的党员教育活动中，他给大家讲"两学一做"党课的内容，讲老一辈的科学家为了祖国的富强，放弃国外优越的生活，回归祖国，其中有钱学森、钱三强等，还有他的恩师王大珩先生也冒着战火从国外回来，情真意切。

唐玉国说："我是从东北农村一个叫太阳村的地方走出来

的，我是农民的儿子，祖上是从山东逃荒过去的。太阳村曾经出过考上了北京大学的学生。我大学毕业之后进了长春光机所，不断学习，走进了光学领域。是国家把我培养出来的。我是我国'光学之父'王大珩先生的学生。是王大珩先生指引我走上了一条工程化的光明道路，一条追求人生梦想的道路。"

唐玉国既是教授，又是所长，更是党的儿子，听党的话，走科技之路。于是，他又开始谈他的人才战略，他的项目，他的全球化思路……总之，还是一句话——"科学无国界，科学家有祖国"。这当然隐含了他想让海外的科技工作者回归祖国、报效祖国的愿望。他又谈到他的成果转化、产品市场化，还有他的国际化合作思路。采访人员很认真地听着，被他的激情所打动。可以说，唐玉国代表了当代科学家的忠诚和良心。

尾声：迈向新辉煌

雨还在下着，已经将近中午了。“超分辨显微光学核心部件及系统研制”项目评审还在继续。会议室里传出一阵阵掌声。大家没有讲在项目过程中遇到了多少艰辛和困难，只是在分享成果和快乐。因为，产品已经进入了市场，而且已经有了订单，其中一项专利已经有人合作，并且获得了1500万元的成果转化收益。产品优于当初立项时的要求，并且提前完成了中科院的任务，难能可贵。

“我们一定要把苏州医工所打造成中国显微光学的基地。”唐玉国自信地说，“要让人家知道，超分辨显微镜在哪里买？苏州医工所，一个肯定的答案。为什么呢？因为我们的超分辨显微镜是世界一流的，成本比国外的低，价格便宜，还能定制。我们的超分辨显微镜已经走向世界，还要继续进驻发达国家，比如德国、美国……被外国赚去的钱，我们要赚回来。”

“我们要为国家节约成本，我们不能损害国家利益，我们绝不会‘踩红线’。国家明确说不能做的事，我们坚决不做；国家没有说不能做的事，我们为什么不尝试做一下呢？”

他说，作为带头人，要有两种意识：其一，要敢于承担责任，承担可能出问题的责任；其二，做事要有责任意识，“比如一个产品估值1100万元的话，我们不能胡乱估值1600万元或900万元，这就是要有责任意识”。责任意识、规范意识，这是唐玉国经常挂在嘴上的话。苏州医工所鼓励所里的研究员做成果转化，支持大家开公司，并且自己控股。唐玉国敢于尝试新的激励机制，但是他自己绝不“踩红线”，也不允许职工“踩红线”，“无论做什么，都不能占国家的便宜”。在这方面，唐玉国是铁面无私的。

“我们整个所从开始时的几个人，慢慢地成长，现在已经达到了800多人。其中江苏省‘双创’人才30人；研究员60人，副研究员89人；客座顾问42人；博士后51人；在读研究生248人。所里现在正在做的项目有200多个，项目经费达到3亿元。我们的光学、声学、磁学、电子学专家一起研究讨论，擦出了一个个火花。我们的超分辨显微镜只是一个新的开始，是我们转化的一个科研成果。接下来，一个个项目将会开花结果，一个个产品将会走上市场，走向世界。”

唐玉国心中一直有一个梦想——在未来的某一天，我们的老百姓去医院就医时，用上的都是苏州医工所自主研发和生产的医疗仪器，这些仪器的性能优于国外同类产品，价格还便宜很多。为此，唐玉国对未来苏州医工所的发展有着自己的一套完整想法：“我希望前面有所大学，后面有家医院，中间有个研究所。这样三者相连，创新的源泉有了，医院用户方有了，大学培养的人才有了，再加上苏州医工所的孵化器和学科研究，一条生物医学创新链条就形成了。我们还要去争取建设中国医学大科学装置，这条路很漫长，但是我们会战胜一切困难大踏步向前走。”

大家一次次地鼓掌。在十分宽松、融洽的氛围中，专家组向大家公布了结论如下：

项目组完成了“超分辨显微光学核心部件及系统研制”工作，成功研制出激光扫描共聚焦显微镜、双光子显微镜、STED显微镜、双光子-STED复合显微镜四类高端光学显微镜，以及大数值孔径显微物镜、特种光源等核心部件，所有技术指标均达到实施方案规定的考核指标要求。

四类超分辨显微成像系统均已达到实用化水平，中科院上海药物研究所、中科院动物研究所、中国人民解放军陆军军医大学等多家单位应用并验证了系统的性能；其中双光子显微镜实现了定制销售，核心部件特种LED光源实现了批量销售。

项目发表相关论文61篇，其中SCI收录34篇，EI（美国《工程索引》）收录18篇；授权发明专利35项，已授权实用新型专利56项；培养了一支集光学、机械、电子、计算机、软件、材料等领域人才的超分辨显微光学技术研发与工程化开发团队。

专家组认为，国家重大科研装备研制项目“超分辨显微光学核心部件及系统研制”达到实施方案规定的考核指标要求，完成了总体目标，同意通过验收。

大家再次热烈鼓掌。当大家准备离开现场的时候，唐玉国提醒大家，12月26日是毛泽东同志的诞辰，同样也是见证苏州医工所奇迹诞生的好日子。

大家都知道，第二天，苏州医工所在超分辨显微光学成像领域有了突破的新闻将传遍祖国大地。最后，大家决定去实验室体验一下，看看超分辨显微镜所展示的微观世界。唐玉国、张运海、巩岩以及苏州医工所的精英们，把专家们带到了一个自主研发的显微镜展示馆里。

唐玉国开心地告诉专家们："这两款是李辉带领研发的结构光照明超分辨显微镜，已经注册了。"

"这是双光子显微镜，"唐玉国让工作人员打开仪器，在双光子显微镜里，可以看见人的神经元跳动的"火花"，"这个是贾宏博的创新成果。产品已经走进德国的实验室了。"

然后，唐玉国又指着另外两款仪器："这是激光扫描共聚焦显微镜、STED显微镜。"

最后，他指着双光子-STED复合显微镜说："这个双光子-STED复合显微镜是最难做的，结合了双光子的深度和STED的精度。可以说，这款仪器是世界领先的，已经又定制出去好多台了。为了这款仪器，张运海花了很多心血。"

唐玉国说起这些产品，像夸自己的孩子一样，开心得合不拢嘴。大家认真地听着，看着。打开双光子显微镜，从电脑成像中，可以看到人的细胞被放大到一个电脑屏幕那样大，真的很神奇；细胞里，还活动着一条条红色的小符号。人的生命活动，在这显微镜下，都看得清清楚楚。

巩岩说："从这些细胞里，可以看出人的身体状况，也可以清晰地看出药物对该细胞的作用过程。”

唐玉国说：“我把这些产品放进这个展示馆，天天开着，让大家看得很直观。可是这展示馆一年的电费、维护成本，也要一百多万元呢。”

大家听着，笑了起来。

雨停了，云层里射出一道阳光。那阳光慢慢地舒展开来，天空一片云霞，鲜艳绚烂。我觉得我看见的似乎不是云霞，而是苏州医工所里那群追光人勇往直前的、圣洁高尚的灵魂。

“假如人有灵魂，灵魂是物质存在的话，我们的显微镜要做到能照见灵魂。”唐玉国又补充了一句，提出了新的课题。

大家又开心地笑了。

十载艰辛筑梦，共谱医工华章

——在中科院苏州医工所建所十周年纪念大会上的主题发言

唐玉国

（2018年10月20日）

尊敬的各位领导、各位来宾，同志们、朋友们：

大家上午好！

欢聚一堂，忆往昔峥嵘岁月；

群贤毕至，谱今朝发展华章。

今天是中国科学院苏州生物医学工程技术研究所建所十周年的大好日子，是全体医工人盛大的节日。首先，请允许我代表全所职工和研究生，向各位领导、各位嘉宾的到来，表示热烈的欢迎和衷心的感谢！

2008年4月，中国科学院、江苏省、苏州市高瞻远瞩，签署《共建中国科学院苏州生物医学工程技术研究所协议书》，在太湖之滨的美丽科技城种下了中国医疗器械产业希望的种子。这颗种子，承载着振兴国产医疗器械的美好希望，蕴含着服务人民健康幸福的殷切期盼。同年8月，受中科院党组委托，素有“中国光学摇篮”美誉的中国科学院长春光学精密机械与物理研究所承担起苏州医工所的筹建和管理运营工作。

为保证筹建任务如期完成，长春光机所做出了巨大奉献。犹记得，十年前，长春光机所委派的第一批筹建工作组的8名成员，提着行囊，离开了家乡北国长春，来到江南苏州，正式开启了苏州医工所的筹建之路。

经过四年的艰苦奋斗，筹建工作组带领全所职工，完成了园区基本建设、实验条件建设、学科布局、人才引进等筹建任务，让一个具有现代化科研条件、充满活力和创新能力的科研机构在苏州高新区建成，圆满完成了中科院党组交给的筹建任务，为苏州医工所的未来发展奠定了坚实的基础。“吃水不忘挖井人”，在这里，我代表苏州医工所全体职工，对长春光机所表示衷心的感谢！

2012年11月26日，苏州医工所的筹建任务圆满完成，正式成为中科院序列的研究所。苏州医工所的发展翻开了崭新的一页。

弹指一挥间，已过十载春秋。作为中科院唯一以生物医学仪器、试剂和生物材料为主要研发方向的研究所，虽然和很多兄弟院所相比，我们还很年轻，但在我国医疗器械行业内，已具有了重要战略地位。十年来，苏州医工所的每一个脚步，都是从无到有的创举，书写着新的篇章。

十年来，苏州医工所注重顶层规划设计，明确了研究所定位和重点发展方向。

苏州医工所的定位是，面向生物医学的重大需求，开展先进生物医学仪器、试剂和生物材料等方面的基础性、战略性、前瞻性的研究工作，引领生物医学工程技术的发展，建成医疗仪器科技创新与成果转化平台。要求创新性地将成果转化列入我所定位中。

自建所之初，我们就确立了“忠诚、务实、合作、创新”的发展理念，以及以市场为牵引的科技创新和成果转化机制创新双轮驱动的发展模式，凝练出了医用光学、医学检验、医学影像、医用电子、医用声学以及康复工程等六个技术方向，完成了研究所的整体布局。

十年来，苏州医工所不断加强平台建设，为研究所科技发展和成果转化奠定了坚实基础。

从2009年荒芜的园区，到筹建期一栋栋拔地而起的高楼；从2012年略显空荡的实验楼，到如今热闹非凡的研究所，我们见证了苏州医工所的N项从无到有。电磁兼容实验中心、微纳加工中心、柔性制造研发中心、细胞工程研究中心等一个个实验平台如雨后春笋般建成。目前我们已拥有1个国家级重点实验室、2个省部级重点实验室、9个苏州市高技术重点实验室，为争取建成国家级研发平台奠定了坚实基础。

十年来，苏州医工所在生物医学工程领域的科技创新，成果斐然，已具备承担国家、中科院及省、市各类等科技项目的能力；成功研发出了具有自主知识产权的，以双光子显微镜、流式细胞仪、大数值孔径物镜等为代表的60余项科研成果和产品；高端生物成像显微镜已销售到美国、德国、以色列等国；一批科研成果成功转让，实现了转移转化。

十年来，苏州医工所积极践行以市场为牵引的科技创新和成果转化机制创新双轮驱动的发展模式，得到广泛的认可。

十年来，苏州医工所聚才、用才、育才，人才队伍建设和研究生教育突飞猛进。

研究所从十几个人的筹建团队，发展到今天的800余人；组建了一支以海归高层次人才，经验丰富的科研骨干，重点高校毕业的博士、硕士为主要力量的优秀科研队伍。经过十年的历练，一大批年轻人成长为研究所的科研骨干和中坚力量，部分人才已成长为国家医疗器械产业相关战略规划制定的参与者。凭借着在生物医学工程领域的战略地位和人才优势，2018年苏州医工所与美国《科学》杂志合作创办了高水平学术期刊《生物医学工程技术前沿》，并将于明年正式上线。

十年来，苏州医工所广泛开展合作创新，医工结合、国际合作、所企联合，成效显著。

合作是生物医学工程领域发展的内生需求，协同创新是苏州医工所发展的根本路径。我所与吉林大学第一医院共同开启了医工结合的创新模式，目前已与几十家三甲医院建立了全面合作关系；国际合作从美国约翰·霍普金斯大学开始，目前已经与英国牛津大学、英国剑桥大学、德国慕尼黑工业大学等国际一流高校和科研机构开展了实质性的合作；与国内企业合作成立各类联合研发机构30多家，直接对接市场，实现成果落地产业化。

十年来，苏州医工所扎实推进党建和创新文化工作，为研究所发展提供了政治保障和精神动力。

信念引领科研，党建促进创新。党的建设持续加强，学习教育常抓不懈，党风廉政和反腐倡廉工作有效推进，创新文化建设大大促进了科研工作的发展。“忠诚、务实、合作、创新”的发展理念深入人心，党建工作与业务工作有效融合，党支部和党员在研究所的发展和重大项目攻关中有效发挥了带头作用，实现了“党建带业务、党建促创新”的良性发展。

苏州医工所走过的十年，是从无到有、涅槃展翅的十年，是解放思想、勇于探索的十年，是坚定信念、狠抓实干的十年。在十年的风雨历程中，我们深刻认识到，每一点成绩的取得，都离不开各级领导的关怀，离不开兄弟单位和社会各界的大力支持，离不开研究所全体职工的艰辛努力。在此，我谨代表全体职工向一直以来关心、支持我所建设和发展的各级领导、兄弟单位、社会各界表示衷心的感谢！向全体职工及其家属，研究生，以及曾经在我所工作和学习过的同志们，致以亲切的问候！

新时代，新思想，新征程。苏州医工所将以国家“健康中国”计划为契机，以中科院“率先行动”计划为指引，逐步突破高端医疗器械“卡脖子”技术，在生物医学工程技术科技创新和成果转化方面做出更多、更大的成绩。我们将以“强实力、重产出”为指导思想，积极践行以市场为牵引的科技创新和成果转化机制创新双轮驱动的发展模式，努力构建人才、科技、成果、资本、市场“五位一体”的集团式新型研发机构；不忘创新生物医学工程初心，牢记服务人民健康幸福使命，勇于创新，开拓进取；营造以职工对美好生活的向往为努力方向的我所创新文化氛围；立足高远，脚踏实地，实现跨越发展。

十年筑梦医工结硕果，今朝砥砺奋进绘蓝图。

回首昨天，我们感奋不已；立足今天，我们壮志满怀；展望明天，我们豪情万丈。我们决不辜负各位领导的期望，不辜负社会各界的关怀。站在新起点，苏州医工所将以习近平新时代中国特色社会主义思想为指引，继往开来，团结一致，以更加昂扬的姿态迎接新挑战，实现新跨越，谱写新华章，为推动我国医疗器械产业创新发展、为建设世界科技强国、为实现中华民族伟大复兴的中国梦砥砺前行！

我相信，在各级领导和各界朋友的支持与帮助下，在研究所全体职工的共同努力下，苏州医工所必将取得更加辉煌的业绩，拥有更加美好的明天！

最后，恭祝各位领导、各位嘉宾、同志们，工作顺利，身体健康，家庭幸福！

谢谢大家！

后记

苏州科技城地处苏州西边，那里算得上是苏州比较偏远的角落。原本的那些小村落如今已经被高楼大厦所取代。作为高新区本土作家，当我走进苏州医工所，见到那些来自世界各地的高科技人才汇聚于此，苏州医工人正在实现从进口替代到弯道超车的跨越，完成从“中国制造”到“中国创造”的梦，我感到无比自豪。我的故乡已经成为科学家的家园，这让我感到无比骄傲。

走进苏州医工所这个科学家的世界，科学家们的话题，一会儿将我带入影像和超声，一会儿又去探索实现钢铁侠那样的机能增强，再一会儿又进入细胞内部去研究人类疾病的根源。我的笔已无法全面表达了，只能取其中一瓢，把重点放在苏州医工所六大研究方向中的医用光学技术方向上，希望能从这一瓢水中看到金色的太阳。

我前后共采访了唐玉国三次，意犹未尽。第三次采访唐玉国，是在我把初稿给他看了之后。唐玉国诚挚地表示，苏州医工所取得的这些来之不易的成果，得益于管理模式的推广实施，以及社会各界的支持和帮助。

他特别感谢中国科学院院长白春礼的支持。想当初，他刚接手苏州医工所的时候，专门去白院长那里做过汇报，说出了自己的担心："新成立的苏州医工所，短期内要出大成果，很有难度。"白院长很明确地回答："建这个所，就是希望能够在国产医疗器械方面有所突破。哪天当我们到医院体检的时候，能看到苏州医工所研发的高端医疗器械，你们就成功了。"白院长的话像一盏指路明灯，给唐玉国他们指明了前进的方向。苏州医工所正朝着这个目标大踏步迈进。

他感谢科技部和财政部对苏州医工所一贯的大力扶持，它们就像父母一样，一路扶持着苏州医工所这个新生儿，让苏州医工所从蹒跚学步到登上国际医疗器械领域的高峰，令国人和世界瞩目。

他感谢苏州市政府特别是高新区政府在土地、政策和建设资金等方面的支持，营造了适合科研工作的良好环境，为苏州医工所吸引人才创造了条件。现在的苏州医工所，人才济济，充满生机。

他感谢江苏省科技厅原厅长徐南平对苏州医工所以市场为牵引的科技创新和成果转化机制创新双轮驱动的发展模式的高度肯定与赞扬，使苏州医工所走上了独具特色的工程化、产业化发展之路。

他感谢各位医工同仁和全所职工多年来对他的信任与支持。大家只争朝夕，不懈努力，才有了苏州医工所今天的成就。

唐玉国强调，他决不会辜负大家寄予的厚望，在今后的工作中，他将以更加饱满的热情、更加坚定的信心去报效祖国。他那份谦虚也深深地感染了我。

在执笔成文的过程中，我自己也受益匪浅，衷心感谢高新区领导给予我这次学习的机会；感谢苏州医工所的董文飞、赵鹏、韩坤、郭智慧、张运海、李辉、巩岩、王策、魏通达等工作人员为我的采访提供帮助，特别是远在德国的贾宏博博士，在遥远的欧洲，还给我提供素材；感谢为书稿内容做精心修正的苏州医工所的袁艳明、赵鹏、肖心通等工作人员；感谢古吴轩出版社编辑们不厌其烦地修改。

科技强就是国家强，科技梦也是中国梦。希望这本书能够为大家所喜欢。通过这本书，大家可以了解唐玉国和他的苏州医工所，以及为生物医学工程默默奉献的科研工作者们。让我们向这些科学家致以崇高的敬意！希望每位科学家的创造之梦，一个一个，都能实现。科研成果是属于全人类的。苏州医工所的科研成果，将从苏州太湖边出发，走向世界。

我把这本书，献给这群追梦的人，书名就叫《筑梦医工》吧。